石立善　林振岳　劉斯倫　主編

日本漢詩文集叢刊

第二輯

上海社会科学院出版社
SHANGHAI ACADEMY OF SOCIAL SCIENCES PRESS

圖書在版編目（CIP）數據

日本漢詩文集叢刊. 第二輯 / 石立善, 林振岳, 劉斯倫主編. 一上海 : 上海社會科學院出版社, 2020
ISBN 978-7-5520-2883-6

Ⅰ.①日… Ⅱ.①石… ②林… ③劉… Ⅲ.①漢詩—古典詩歌—詩集—日本 ②漢語—古典散文—散文集—日本 Ⅳ.①I313.12

中國版本圖書館CIP數據核字（2020）第027858號

日本漢詩文集叢刊·第二輯

主　　編：石立善　林振岳　劉斯倫
執行主編：林振岳　劉斯倫
責任編輯：劉歡欣　唐雲松
特約策劃：黃曙輝
特约编辑：許　倩
封面設計：崔　明
書名題字：竹　汐
出版發行：上海社會科學院出版社
上海順昌路622號　郵編200025
電話總機 021-63315947　銷售熱線 021-53063735
http://www.sassp.cn　E-mail:sassp@sassp.cn
照　　排：上海歸藏文化傳播有限公司
印　　刷：廣東虎彩雲印刷有限公司
開　　本：787毫米×1092毫米　1/16
印　　張：113
字　　數：1400千字
版　　次：2020年7月第1版　2020年7月第1次印刷

ISBN 978-7-5520-2883-6 / I·366　定價：2380圓（全三册）

夕陽無限好

——《日本漢詩文集叢刊》代序

稻畑 耕一郎

日本自有史以來即接受中國的文化，對之模仿、解讀，在此基礎上構建了自我的文化。就此而言，過去日本的傳統學問，本質上就是中國的學問。文史哲領域自不必説，其他如書畫藝術乃至天文學、醫學等，都移植了當時中國的先進文化，並使之紮根於本國土壤進而得到重構。

然而這一文化的接受過程，實際上僅局限於少數的知識分子階層。因爲只有他們能夠直接接觸到中國傳來文物典籍，無法普及到日本下層百姓。另一方面，知識分子對中國文化的理解程度也未必深刻，《文選》之辭賦，杜甫、韓愈之詩文，能在多大程度上得到理解，是值得懷疑的。在鐮倉時代末期（十四世紀中葉）至室町時代（十五世紀末），以京都和鐮倉的禪宗寺院爲中心形成了「五山文學」，禪宗的僧侶們創作了大量的漢詩文。然而在當時，能理解漢詩文的知識階層圈子相當窄。可以説，除了佛教以外，中國的文化並没有浸透到廣大的庶民階層。

到了江户時期（一六〇三年—一八六八年），上述的這種情況發生了重大的變化。江户幕府畏懼基督教傳入，多次頒布鎖國令，禁絶海外交流。而與中國之間的商業往來，由於不牽涉到基督教，因此准許在長崎開港，長崎從而成爲日本了解海外局勢的唯一窗口。與此同時，儒學受到江户幕府的重視，其地位上升爲幕府的基本治國理念。儒學得到大力振興，作爲官僚的武士階層必須具備漢學的素養。各地的城市及寺院也出現了初級的教學機構，《論語》、《唐詩選》等作爲初學教材，被廣泛使用於市民教育之中。

日本的識字階層驟然擴大，對漢詩文懷有興趣的民衆基礎也隨之形成，遠超前代。而中國出版的書籍自長崎傳入日本，又進一步推波助瀾，據此翻刻、帶訓點的和刻本以江户、大阪爲中心大量出版。中國的學問被統稱爲「漢學」，即始於這一時期（十八世紀末）。

在這樣的時代背景下，江户時期的漢學有了長足的進步，並取得了豐碩的成果。這一時期學者的漢詩文熟練度也超越了語言體系相異的外國人水平。江户漢學取得的成果中，除了現已聞名中國的林羅山、新井白石、荻生徂徠、賴山陽等學者以外，尚有衆多學者的業績未經整理介紹。這種情況的出現與往後時代學術格局的形成有着密不可分的關聯。

在江户幕府倒台、進入明治時代之後，日本社會風氣爲之一變，獨尊漢學的傾向也發生了根本上的變化。知識分子開始認真反思，中國的學問長久以來作爲學習對象模仿至今，是否真的對日本社會的進步作出了貢獻？造成此一局面的原因，一方面是因爲向來憧憬的孔孟之邦在清末之際社會陷入了極度的混亂，另一方面也緣於西方列强舶載而來的全新學問體系。明治政府急於實現現代化，將大量精英送往歐美，與此同時前往中國留學的寥寥無幾，日本國内甚至出現廢除漢字的爭論（這一爭論在第二次世界大戰後的二十世紀中葉進一步激化）。

儘管時局如此，日本知識分子的學養依然紮根在漢學之上。例如江户至明治的政權變革被稱爲「維新」，仿效西洋設立的社交館被命名爲「鹿鳴館」等，這樣的稱法都是具有代表性的例子。知識分子們經年累月積蓄的漢學素養在翻譯歐美文獻中發揮了巨大作用，可以説如果他們的腦海中没有漢語這一外來語存在，翻譯西洋文獻無疑會變得更加困難。

因此這個時期的日本知識分子，即便不是專門從事漢學研究，也依然可以讀漢詩文；即使無法以漢語進行對話，也依然可以通過漢詩文表達其人所思所想。大量流傳至今的這一時期中日學者間筆談記録、詩文唱和，即是這一現象所形成的結果，這也使得該時期成爲中日交流史上的一個獨特階段。

知識階層以外，整個日本社會接受漢詩文的民衆基礎同樣不可動摇。《初學文編》、《初學文範》等編纂於這一時期的漢文課文，都不僅僅以讀漢詩文爲目的，更是爲了培養寫作能力。以今人的眼光來看，這些初學教材皆具有相當高的水準。此類訓蒙書大量出版並在社會上廣泛流行，意味着與社會表層的西化潮流相反，漢學的根基直抵庶民階層，且仍舊大範圍深植於日本社會中，整個日本社會還對中國古典文化整體保有敬意，理解中國文化的底子相對來説還是深厚的。

漢學如此廣泛地普及到整個日本社會，此一現象在日本歷史上前所未見，也正是在這樣的基礎上，誕生了爲數衆多的漢詩文作者。雖然在今日難以想象，當時日本各地出現了漢詩文創作的民間結社，報紙上甚至開設了專門的漢詩投稿欄。在漢學普及之下，知識分子的作品更加地道，質量遠邁前代。能夠和中國文人直接交流，自然與這一繁榮景象的出現息息相關。可以説，日本漢詩文創作至此達到了歷史上的最高潮。然而，這樣的歷史如今也已被人們徹底地遺忘了。

在此之後，日本的歐化趨勢無論是在速度上還是程度上都大大加强，文化界中繼承漢詩文傳統的知識分子與日俱減，最終無法避免地成爲少數派。在社會上，漢學家甚至被視爲食古不化、不諳世故、對社會進步没有作用的守舊派。時至今日，我們不得不承認日本知識階層的漢詩文創作傳統除了極少數尚存的例外，幾乎已經消亡。這也導致了日本人對中國傳統文化的理解顯著減退。因爲像過去那樣通過漢詩文創作而獲得的對於中國文化精髓的共鳴以及深刻的認識，都隨着創作的消亡而僅剩極其膚淺且片面的文化殘留。

與此現狀呼應，當下日本社會即使尚存漢詩文創作的活動，也鮮有對其感興趣者。這樣的文化被看作是落後於時代的表現，這種局面或許和百年之前中國的新文化運動或是文學革命有着很多相似之處。

對於日本的漢詩文，近年來我感到有從新的視點出發對其加以再認識之必要。這並非如同過去那樣，單純將日本的漢詩文創作視爲東亞地區以中國爲核心的文化傳播、文化交流問題。這樣的想法當然是對的，然而我認爲，或許我們已經到了有必要從更高的層次來對此一問題重新進行思考的時期。

二十一世紀以來，伴隨着通信與交通手段的發展，世界各地以超越前代想象的方式緊密聯繫在一起，彼此間的交流成爲再尋常不過的事情，每天都在蓬勃展開。這種情況下，世界上也出現了使用後天習得的語言而非從小熟悉的母語來進行創作的作者。這些作者筆下的文字表現雖與母語者並無不同，但其中卻蘊含着不一樣的感性與認識，其創作因而獲得了很高的評價。不過此類作者中，詩人似乎並不常見。畢竟，無論是哪個國家，詩歌都必然是其地語言最美形態的展現。至於採用古典形式創作的漢詩，則除了講究語言的優美之外，同時更要求詩人精通中國的歷史與文化。

從這樣的視角觀察，不僅是日本，包括朝鮮、越南，或者是遼金時代的耶律氏、完顏氏的漢詩文都有必要重加審視。這種審視的角度不在於他們有多麼接近中國歷代的作者，而在於他們的疏離（也可以是他們的個性）。換言之，應該對漢詩文在不同語言體系的背景之下取得了怎樣的成果加以評價。這種疏離的出現雖然源於文化接觸的過程，但在更加本質的層面上，也是因爲漢詩文及其基礎的「漢字」是一兼容並蓄的平台，擁有着能夠促使不同語言圈的人群參與其中創作的豐富包容力。而這或許正是「漢字」本身能夠超越時間、地域得以永存的原因吧。

《日本漢詩文集叢刊》所收作品，皆爲近代日本的漢詩文集，且無一不是不容輕視的重要作品群。有賴編者的辛勞付出，我期待以此《叢刊》的刊行爲契機，使這一時期日本漢詩文的研究能够得到更進一步的發展。因爲這些作品代表了日本漢詩文之最高峰，同時也是最後的光輝。遺憾的是，今後再難指望日本可以培養出創作這樣的漢詩文的作家群體了。希望藉此《叢刊》所載作品群，日本漢詩文之艷陽落幕前最後的餘輝可以再次獲得人們的矚目。

己亥夏至寫於金陵棲霞山下南大和園白露居

總目

第一册

鈴木虎雄

豹軒詩鈔（卷一至卷六）　日本昭和十三年（一九三八）鉛印本

第二册

鈴木虎雄

豹軒詩鈔（卷七至卷十四）　日本昭和十三年（一九三八）鉛印本

第三册

入澤達吉

秋懷唱和集　日本大正十五年（一九二六）鉛印本

雲莊詩存　民國二十一年（一九三二）上海中國仿古印書局鉛印本

吉川幸次郎

知非集　日本昭和三十五年（一九六〇）中央公論社鉛印本

箋杜室集　日本昭和五十六年（一九八一）研文出版鉛印本

神田喜一郎

鬯盦藏書絶句　日本昭和三十五年（一九六〇）便利堂珂羅版

鬯盦續藏書絶句　日本昭和三十五年（一九六〇）便利堂珂羅版

日本漢詩文集叢刊

第二輯

第一册

第一册目録

鈴木虎雄

豹軒詩鈔

敘（鈴木虎雄）……五
目録……七
卷一
明治二十年丁亥
哭伯兄柹園先生……一五五
寄懷仲兄彦嶽君在東京……一五五
大鳥川晩釣……一五五
明治二十一年戊子
送小島義卿于役新發田兵營……一五六
明治二十二年己丑
送鈴木宗久君遊于東京……一五六
題楠公父子訣別圖……一五六
賞雪……一五六
雪中訪友……一五七
孟母斷機……一五七
送人東行……一五七
除夜二首……一五七
明治二十三年庚寅
將遊東京留別……一五八
中元懷鄉……一五八
用家君所寄詩韻卻寄從兄昌五……一五八
明治二十四年辛卯
書感……一五九
寄長善館同窗會員諸氏……一五九
辛卯中秋訪彦嶽兄於早稻田村東京專門學校不遇留一詩而歸……一五九
詠史……一六〇
明治二十五年壬辰
春日書感……一六〇

初夏夜坐偶成……一六〇
歸省偶成二首……一六一
留別……一六一
聞從兄子椿聘赴阿波賦寄……一六一
明治二十六年癸巳
鎌倉懷古二首……一六二
將歸鄉踰碓冰嶺……一六二
贈習卿兄三首……一六三
題照相背後……一六四
月夕偶吟……一六四
九日江上作……一六四
偶成……一六四
鴻臺懷古二首……一六五
聞小島義卿將歸鄉寄似……一六五
送義卿歸越二首……一六六
癸巳除夜作……一六六
明治二十七年甲午
寬永寺……一六七
藤旭洲宅觀楠公古戰旗歌……一六七
漢江行……一六八
遊照明寺……一七〇
送人從軍于朝鮮三首……一七〇
東方欲曙篇送人從軍……一七一
明治二十八年乙未
从軍行二首……一七二
出師曲三首……一七三
征夫行……一七四
神州詩……一七五
送人之澎湖島……一七五
丁汝昌……一七六
平壤歌……一七六
坤寧殿行……一七六
時事雜感五首……一七七
讀史四首……一七八
大纛自西都還感賦五首……一八〇
明治二十九年丙申
小田原覽古六首……一八一
小田原演武……一八二
河中島懷古四首……一八二
秋感二首……一八四
丙申秋夜感懷寄習卿兄一百韻……一八四
雜詩四首……一八九

丙申除夜……一八九

明治三十年丁酉

丁酉新年偶作……一九〇
得習卿兄信……一九〇
正月十一日英照皇太后崩二月二日靈轜發
東京將葬于西京泉山……一九〇
蟬四首……一九一
雨霽……一九一
口號……一九二
兜城懷古十二首……一九二
賤婦辭……一九四
詠懷四首……一九六
杪秋登春日山六首……一九七
送人之金澤……一九九
自瓊浦回望芝山諸廟……一九九
雜詩九首……一九九
再造乾坤歌……二〇二
步出自北門行……二〇五
丁酉歲晚三首……二〇六

卷二

明治三十一年戊戌

戊戌新年恭賦三章……二〇九
聞朝鮮大院君薨四首……二一〇
雅頌一篇……二一一
雜感二首……二一四
五月七日三首……二一五
先考祥祭書懷……二一六
雜詩六首
豺狼被四海……二一七
佛鬱復佛鬱……二一七
喬木百尺圍……二一八
蜉蝣以羽愛……二一八
濫觴能載舟……二一八
疾風吹大野……二一九
謁三峰山祠……二一九
峽中懷古二首……二二〇
慧林寺……二二〇
侯嬴歌……二二一
戊戌詠懷雜詩二十七首……二二二
詠懷雜詩十七首……二二九

明治三十二年己亥

三條驛書懷……二三七

東臺春興……二三七
墨水觀水嬉……二三八
看花醉歌……二三九
至相州鎌倉途上作……二四〇
金澤九覽亭眺望……二四〇
己亥季春送人將遊清國七首……二四〇
遣興……二四二
三條驛二首……二四三
觀理雜詩七首……二四三
登神劍鋒八首……二四六
河中島覽古六首……二四八
擬子夜歌二十四首……二五〇
雜詩四首……二五二
皎皎明月輝行……二五二
梧桐生朝陽行……二五四
送稻葉君山之清國九首……二五九

卷三

明治三十三年庚子
庚子新年三首……二六三
庚子正月八……二六四
西江霽雪出望劍峰……二六六

中江堤望劍峰……二六六
野望……二六七
入京後寄懷二兄……二六七
庚子詠懷雜詩十三首……二六八
野遊十首
道灌丘下二首……二七六
越谷逍遥江上二首……二七七
至圯橋望大林……二七七
大林至大房堤上五首……二七七
雜詩九首……二七八
雜詩二首
春思……二八〇
秋思……二八一
青山……二八二
有鶯……二八二
擬古樂府二十五首……二八三
雜詩三首……二八六
五月正陽……二八六
拜皇太子暨妃兩殿下鹵簿于二重橋下
恭賦竝紀事十二首……二八八
登嶽雜詩五首

第一册目録

望嶽……二九〇
太郎坊步至八合宿……二九一
曉登劍峰絶頂……二九二
自中峰轉見寶永山火口……二九三
伊豆山中空望半月湖……二九四
燕京篇……二九四
送國府犀東之臺灣……二九九
有所思七首……三〇一
母兒歌二首
母歌曰……三〇三
兒歌曰……三〇三
粟生津村秋居雜詠七首……三〇三
詠懷……三〇六
留別……三〇七
山居七首……三〇八
山居贈潭師三首……三〇九
明治三十四年辛丑
春日雜詩四首……三一一
擬行路難十首
堂前櫻……三一一
桃李花……三一二
雙棲燕……三一二
紅紅白白……三一三
似流水……三一三
笑矣乎……三一四
悲矣乎……三一四
九月葉……三一五
瘙麗色……三一五
不得已……三一六
蝦蟇……三一六
傳家刀……三一七
簡覲海子……三一七
明治三十五年壬寅
耶馬溪紀遊詩十五首
中津至樋田驛……三一八
香魚潭……三一八
青村洞……三一九
洞鳴磯……三一九
晚宿羅漢下……三一九
曾木道上……三一九
賢女峰……三二〇
山村……三二〇

古城……三二〇
机淵……三二〇
長藪巖岫……三二一
落筆巖……三二一
飛猿巖……三二一
宿于守貫……三二一
題紀遊詩……三二二
秋懷……三二二
中秋同社友賞月品海……三二三

卷四

明治三十六年癸卯
懷子德兄……三二七
海中望五島諸山……三二七
基隆海北即目……三二七
船入基隆港舸上口占……三二八
入臺紀事六首……三二八
謁臺灣神社二首……三二九
圓山望觀音山……三二九
劍潭寺……三三〇
淡水舟中望關渡作……三三〇
臺北客中雜詠十二首……三三〇
神武天皇祭頌辭……三三二
上臺北城殘壁二首……三三三
寄潭師次韻二首……三三三
又寄五首……三三四
寄懷靜處山人……三三五
寄二兄……三三五
時事雜詠九首
吹南極……三三五
何暴漢……三三六
眠鏡臺……三三六
捕五頭……三三六
鼠六頭……三三七
蝶與蛇……三三七
匿名人……三三八
白刃閃……三三八
太多忙……三三八
北塞……三三八
黑龍流……三三九
聞聖駕臨幸博覽會場……三三九
端午……三三九
觀慈善劇歌……三四〇

懷兩都櫻花……三四一
又……三四一
大加蚋堡觀角牴戲……三四二
又……三四三
偽豆腐……三四三
豆腐壺……三四三
古亭村訪白水老人遺輿……三四四
臺灣始政記念日二首……三四四
遊北投……三四四
九月七日靜處山人寄詩來酬之三首……三四五
中秋寄懷潭師三首……三四五
即事五首……三四六
雨霽……三四六
憔悴……三四六
繞城……三四七
城南……三四七
次靜處洛西閒居詩韻卻寄十首……三四七
臺灣神社祭日恭賦四首……三四八
古意六首
昔我在家時……三四九
朝日照花林……三五〇
芙蓉出碧灣……三五〇
思君旦復旦……三五一
明月照北海……三五一
丈夫四方志……三五二
魚見五首……三五二
明治三十七年甲辰
甲辰早春南中口號次國府犀東詩韻
二首……三五三
渡頭所見……三五三
江上漫賦二首……三五四
出遊二首……三五四
孟夏……三五五
月下吟十二首……三五五
時事雜詠十四首
讀宣戰詔四首……三五七
水軍夜襲……三五八
戰局變……三五八
壞蟻兒……三五九
復奚疑……三五九
英雄士……三六〇
又……三六〇

讀捕獲露艦所關辯明書 …… 三六〇
蕭墻中 …… 三六一
有深愁 …… 三六一
難阻止 …… 三六一
對月作 …… 三六二
時事雜詠十五首
厚於雲 …… 三六三
惡朝廷 …… 三六三
紀戰四首
蛤蟆塘 …… 三六三
南山 …… 三六四
得利寺 …… 三六四
大石橋 …… 三六四
山東對州海捷四首 …… 三六四
進不休 …… 三六五
膽如斗 …… 三六六
瓜將軍 …… 三六六
陷遼陽 …… 三六六
萬歲歌 …… 三六七
臺灣神社二首 …… 三六七
天長節四首 …… 三六七

紀戰雜詩十四首 …… 三六八
鞍馬 …… 三七一
拔刀 …… 三七一
甲辰歲暮懷人四首 …… 三七二
明治三十八年乙巳
一月二日旅順陷作長句紀其事 …… 三七三
廣瀨少佐 …… 三七五
訪陸羯南翁于鎌倉 …… 三七五
明治三十九年丙午
詠牀頭芍藥花 …… 三七六
明治四十年丁未
丁未新年作三首 …… 三七六
羯南翁極樂寺村庵新成訪之偶題四首 …… 三七七
羯南翁有賀竹井星川見寄之韻詩予
亦和之 …… 三七八
送桑原北洲學士遊學清國 …… 三七八
春興三首 …… 三七八
淵明歸去來 …… 三七九
蓮露 …… 三七九
看雲 …… 三八〇
間瀨村多象樓二首 …… 三八〇

丁未秋懷五首……三八〇
染井陸羯南先生墓下作……三八二
大塚郊上……三八二
送小林士維之米國二首……三八二
明治四十一年戊申
何蘭士畫山水歌爲桂湖村賦……三八三
大塚僦居……三八四
春日偶題……三八五
小苑即事……三八五
遊護國寺……三八五
道上見砲隊過……三八五
目白臺女黌即目……三八六
池上村競馬……三八六
觀櫻花三首
二重橋……三八六
參謀本部……三八六
英國大使館……三八七
大塚高等師範學校諸子別筵口占……三八七
冬夜步月書懷……三八七
卷五
明治四十二年己酉
己酉正月將赴任京都二首……三八九
上御靈僦居四首……三九〇
贈人……三九〇
西京過禁苑作四首……三九〇
桃山城墟二首……三九一
金閣寺……三九二
等持院村途上……三九二
過柏原鄉……三九二
遊葵橋詩(並序)……三九三
遊宇治五首
賴政墳二首……三九五
喚舟西渡欲至稚郎王祠……三九五
回望平等院……三九五
浮舟亭西房觀螢……三九六
陰雨……三九六
大原村朧泉……三九六
寂光院……三九六
題靜處碧樓……三九七
靜處寄詩促登天台乃酬……三九七
秋日同靜處山人自白河登天台四明峰薄暮下到坂本……三九七

春畋伊藤樞相公輓詞二首 …………… 三九八
明治四十三年庚戌
庚戌新年作二首 …………… 三九九
溪梅霽雪圖二首 …………… 三九九
宇野君歸自歐洲友人六七邀飲鴨涯 …… 四〇〇
送石橋君遊學歐洲 …………… 四〇〇
吉野懷古二首 …………… 四〇〇
須磨 …………… 四〇〇
明石人丸祠 …………… 四〇一
明石海濱 …………… 四〇一
明石途上 …………… 四〇一
詠舞子浦松 …………… 四〇一
先考十五年諱辰述懷 …………… 四〇二
相川判事示退職作七绝一首命和因呈 … 四〇二
梅雨即事 …………… 四〇二
送内藤狩野小川富岡四君航于清國 …… 四〇二
即事 …………… 四〇三
聞韓國併合條約成六首 …………… 四〇三
叡山山行 …………… 四〇四
庚戌天長節頌 …………… 四〇四
庚戌歲暮作四首
蓬萊島 …………… 四〇六
少年子 …………… 四〇六
東家主 …………… 四〇七
慕古人 …………… 四〇八
明治四十四年辛亥
有梅 …………… 四〇九
洛陽遇碧梧桐二首 …………… 四〇九
春日雜詩五首 …………… 四一〇
詩仙堂二首 …………… 四一一
病中寄京友 …………… 四一一
贈牧野君 …………… 四一一
送織田鶴陰博士再遊歐米次其留別韻 … 四一二
石隱歌次長尾雨山原韻 …………… 四一二
鼎折二首 …………… 四一三
秋曉 …………… 四一四
月夜 …………… 四一四
御靈 …………… 四一五
早秋 …………… 四一五
七夕 …………… 四一五
中秋二首 …………… 四一六
病中對月二首 …………… 四一六

月 …… 四一七
南樓翫月 …… 四一七
呼妻女姪等聊復助興二首 …… 四一七
有感續賦三首 …… 四一八
古意三首 …… 四一九
秋興二首 …… 四二〇
野望 …… 四二〇
南都 …… 四二〇
正倉院 …… 四二一
筑肥大閱畢駕將東還至七條驛敬候
二首 …… 四二一
詩人七首 …… 四二二
贈清客 …… 四二三
送高瀨文學博士學遊清獨英三國
一百韻 …… 四二四
明治四十五年壬子
大正元年
壬子歲旦 …… 四二八
蒙古來襲圖 …… 四二八
近重物庵博士不惑超二有詩索和乃贈 … 四二九
枳殼邸陪菊池前祭酒留別茗筵言懷
奉贈二首 …… 四二九
膽山生駒先生屈駕茅堂以自壽七律次韻
奉呈二首 …… 四三〇
送君山狩野博士被命歷游西土六百字 … 四三〇
乃木將軍二首 …… 四三三
湯地氏 …… 四三四
哀將軍曲 …… 四三五
紫宸殿二首 …… 四四〇
清涼殿 …… 四四一
萩戶 …… 四四一
小御所 …… 四四一
御學問所 …… 四四一
大宮御所 …… 四四二
仙洞五首 …… 四四二
天龍寺書感(十月) …… 四四三
訪矢土錦山先生于清水泰產寺寓予與
先生不相見者二十年矣 …… 四四三

卷六

大正二年癸丑
壬子除夜插梅花水仙冬青蘿蔔同在小
瓶中癸丑歲朝漫題 …… 四四五

癸丑開歲書懷二首……四四六
歲首笠原桂舟荒木鳳岡两醫博會西京
　詩老名流十三人于長春園席上書感……四四六
明日致謝桂舟鳳岡两博士兼呈羣公用
　前韻……四四七
晨起見雪又賦……四四七
夜雪……四四七
一夕宴于京都某館榊子亮持一片札使
　衆各署其名將寄諸君山博士于巴里
　也以次至予命曰子必賦一詩乃賦……四四七
偶成……四四八
相國寺早春……四四八
月夜過相國寺……四四八
欲訪靜處洛西居先有此贈……四四八
讀靜處山房集贈福田子德……四四八
答人問洛陽春色(三月二十日)……四四九
雜詩七首……四四九
物庵子有鳴門作見眎攀礎卻寄……四四九
春日雜詩十四首……四五〇
醍醐日野途上三首……四五一
隱元渡……四五一
即目三首……四五一
春怨……四五二
偶成……四五二
癸丑天授庵曲水集詩……四五二
莫愁行……四五三
送野上學士留學歐洲……四五四
木蘇岐山過廬賦贈……四五五
詠鶴……四五五
老松圖……四五五
脩終二姪將歸省賦示……四五五
羯南陸翁七年諱辰詠懷……四五七
夏日偶成五首……四五六
望春日山作……四五七
鄉中書感……四五七
訪子德仲兄新居……四五七
哭齋藤犀堂……四五八
送雨山長尾子生還滬上……四五八
七條驛候駕……四五八
二聖上陵車駕將發特宣文武有司賜謁
　殿廊……四五九
两宮拜陵日恭賦……四五九

拜桃山陵……四五九
書懷……四六〇
聞鄰事……四六〇
清閑寺……四六〇
感懷六首……四六一
前將軍德川公輓詞二首……四六二
膽山翁移居枚方別枝山……四六三
御靈閒居……四六三
木曾遊詩十首
關原……四六三
濃州途上……四六四
峽中……四六四
望駒嶽……四六四
木曾懸棧……四六四
讀俳句碑憶芭蕉翁……四六五
寢覺石牀……四六五
釣臺……四六五
信州……四六五
諏訪湖畔即目……四六五
答靜處山人次其詩韻……四六六
靜處詩又至再疊韻卻寄……四六六
窮冬……四六六
癸丑歲暮漫吟……四六七
大正三年甲寅
甲寅開歲有作四首……四六七
酬福田靜處……四六八
贈雨山居士二首……四六八
東陵……四六九
拜讀宣戰詔……四七一
從軍行四首……四七一
屋島二首……四七二
舟望……四七三
京都文科大學學友會遊于讚州航至備之
宇野港登岸聞膠州得捷口號二絶句……四七三
膠州捷後示人……四七四
播州途上……四七四
雨山居士歸自支那卜居室町因有此贈……四七四
題樊川集……四七四
大正四年乙卯
國分青厓長尾雨山福田靜處三老惠然
見訪率賦志喜……四七五
孟秋望日偕雨山居士游于石山……四七五

翌日夜對月有作寄雨山居士……四七六
山崎渡中流遇雨……四七六
八幡里茅亭賞月與雨山話舊二首……四七六
贈衣浦漁叟次其自述詩韻……四七七
登極雅四篇
新宮……四七七
景寶……四七七
嘗宮……四七八
黄華……四七九
大正五年丙辰
丙辰三月奉命出游將辭御靈僑居悵然
成詠……四八〇
鳳岡荒木祭酒置酒公館壯予行
色賦此留別二首……四八一
次鳳岡祭酒韻……四八二
次君山狩野博士韻……四八二
雨山君山湖南諸公餞予於東山春雲
樓席上次雨山前輩送行詩韻……四八二
丙辰四月奉命游學支那臨發述志
六韻……四八三
附録諸家惠贈送行詩……四八三
次木蘇岐山送行詩韻……四八四
再疊韻寄岐山……四八五
去國三首……四八五
島骨……四八五
望濟州島……四八六
海上二首……四八六
泝白河……四八六
寄宇野學士……四八七
聽少年吳鐵雲歌……四八七
燕京贈別鳥居素川……四八七
上八達嶺觀長城址……四八七
長陵……四八八
北海次李夢陽秋懷詩韻……四八八
京都狩野勝太郎銀婚式賀筵徵詩遥贈……四八八
哭柳村上田文學博士……四八八
與何君盛三別……四八九
謝鳥居素川惠同遊長城時所攝照相……四八九
月夜三首……四八九
始望齊北諸山……四九〇
渡黄河……四九〇
夜泛大明湖……四九一

登岱二首……四九一
泗水……四九一
曲阜謁孔夫子廟作……四九二
曲阜偶感……四九二
再過大明湖……四九二
太液池……四九三
景山……四九三
重陽……四九三
枕上聞雁……四九四
偶成……四九四
蘆溝橋……四九四
自衛入鄭途過黄河……四九四
洛陽……四九五
洛郊日暮有作……四九五
宿八里堂楊氏……四九五
沙崗……四九五
龍亭……四九六
順德途上即目……四九六
邯鄲……四九六
與黑木欽堂教授共訪弢庵陳侍讀賦贈……四九六
陪欽堂前輩遊天寧寺……四九七
船津參贊官(長一郎)招飲席上率賦呈
羣公……四九七
附録諸公作……四九七
酬田原天南次其見示詩韻……四九八
送包敬士先生赴于日本……四九八
和李仲景先生感懷七律三首……四九八
又和仲景先生感懷二首……五〇〇
丙辰除夜二首……五〇一

鈴木虎雄

豹軒詩鈔

據日本昭和十三年鉛印本影印

豹軒詩鈔

昭和十有三年戊寅新正
鈴木教授還暦記念會刊

幼嗜作詩長愈甚先子戒曰不若學文章之有用也竟不能廢至今篋底所積大略三千餘篇矣明年戊寅周甲初度例當乞休友朋辱命將刻詩以爲虎壽辭謝弗獲乃就删之題曰詩鈔抑虎假漢字以寫其情日心漢語被縛良苦欲遊方外病未能耳但我詩苟存枯骨不朽諸君子之惠也知我罪我此書居多藏壁覆瓿唯天所命昭和十二年丁丑歲晚豹軒鈴木虎雄敍

豹軒詩鈔目錄

卷一

明治二十年丁亥

哭伯兄柹園先生

寄懷仲兄彥嶽君在東京

大鳥川晚釣

明治二十一年戊子

送小島義卿于役新發田兵營

明治二十二年己丑

送鈴木宗久君遊于東京

題楠公父子訣別圖

賞雪

雪中訪友

孟母斷機

送人東行

除夜二首

明治二十三年庚寅

將遊東京留別

中元懷鄉

用家君所寄詩韻卻寄從兄昌五

明治二十四年辛卯

書感

寄長善館同窗會員諸氏

辛卯中秋訪彥嶽兄於早稻田村東京專門學

校不遇留一詩而歸

詠史

明治二十五年壬辰

春日書感

初夏夜坐偶成

歸省偶成二首

留別

聞從兄子椿聘赴阿波賦寄

明治二十六年癸巳

鎌倉懷古二首

將歸鄉踰碓冰嶺

贈習卿兄三首

題照相背後

月夕偶吟

九日江上作

偶成

鴻臺懷古二首

聞小島義卿將歸鄉寄似

送義卿歸越二首

癸巳除夜作

明治二十七年甲午

寛永寺

藤旭洲宅觀楠公古戰旗歌

漢江行

遊照明寺
送人從軍于朝鮮三首
東方欲曙篇送人從軍
明治二十八年乙未
從軍行二首
出師曲三首
征夫行
神州詩
送人之澎湖島
丁汝昌
平壤歌
坤寧殿行

時事雜感五首
讀史四首
大纛自西都還感賦五首
明治二十九年丙申
小田原覽古六首
小田原演武
河中島懷古四首
秋感二首
丙申秋夜感懷寄習卿兄一百韻
雜詩四首
丙申除夜
明治三十年丁酉

丁酉新年偶作
得習卿兄信
正月十一日　英照皇太后崩二月二日靈轜
發東京將葬于西京泉山
蟬四首
雨霽
口號
兕城懷古十二首
賤婦辭
詠懷四首
杪秋登春日山六首
送人之金澤

自瓊浦回望芝山諸廟
雜詩九首
再造乾坤歌
步出自北門行
丁酉歲晩二首

卷二

明治三十一年戊戌
戊戌新年恭賦三章
聞朝鮮大院君薨四首
雅頌一篇
雜感二首
五月七日三首

先考祥祭書懷
雜詩六首豺狼被四海佛鬱復佛鬱喬木百尺圍蜉蝣以羽愛濫觴能載
舟疾風吹大野
謁三峰山祠
峽中懷古二首
慧林寺
侯嬴歌
戊戌詠懷雜詩二十七首
詠懷雜詩十七首
三條驛書懷
明治三十二年己亥
東臺春興

墨水觀水嬉
看花醉歌
至相州鎌倉途上作
金澤九覽亭眺望
己亥季春送人將遊清國七首
遣興
三條驛二首
觀理雜詩七首
登神劍峰八首
河中島覽古六首
擬子夜歌二十四首
雜詩四首

皎皎明月輝行
梧桐生朝陽行
送稻葉君山之清國九首

卷三

明治三十三年庚子
庚子新年三首
庚子正月八
西江霽雪出望劍峰
中江堤望劍峰
野望
入京後寄懷二兄
庚子詠懷雜詩十三首

野遊十首 道灌丘下二首 越谷道遙江上二首 至圯橋望大林 大林至大房

堤上五首

雜詩九首

雜詩二首 春思 秋思

青山

有鷺

擬古樂府二十五首

雜詩三首

五月正陽

拜 皇太子暨妃兩殿下鹵簿于二重橋下恭

賦竝紀事十二首

登嶽雜詩五首 望嶽 太郎坊 步至八合宿 曉登劍峰絕頂 自中峰轉見

寶永山火口伊豆山中空望半月湖
燕京篇
送國府犀東之臺灣
有所思七首
母兒歌二首 母歌曰 兒歌曰
粟生津村秋居雜詠七首
詠懷
留別
山居七首
山居贈潭師三首
明治三十四年辛丑
春日雜詩四首

擬行路難十首　堂前櫻　桃李花　雙棲燕　紅紅白白　似流水　笑矣乎　悲矣乎　九月葉　蹉麗色　不得已
蝦蟇
傳家刀
簡觀海子
明治三十五年壬寅
耶馬溪紀遊詩十五首　中津至樋田驛　香魚潭　青村洞　洞鳴磯　晚宿羅漢下　曾木道上　賢女峰　山村　古城　机淵　長藪巖岫　落筆巖　飛猿巖　宿于守貫　題紀遊詩
秋懷
中秋同社友賞月品海

卷四

明治三十六年癸卯

懷子德兄
海中望五島諸山
基隆海北卽目
船入基隆港舸上口占
入臺紀事六首
謁臺灣神社二首
圓山望觀音山
劍潭寺
淡水舟中望關渡作
臺北客中雜詠十二首
神武天皇祭頌辭

上臺北城殘壁二首
寄潭師次韻二首
又寄五首
寄懷靜處山人
寄二兄
時事雜詠九首　吹南極　捕五頭　何暴漢　鼠六頭　眠鏡臺　蝶與蛇
匿名人　白刃閃　太多忙
北塞
黑龍流
聞　聖駕臨幸博覽會場
端午
觀慈善劇歌

懷兩都櫻花
又
大加蚋堡觀角牴戲
又
僞豆腐
豆腐壺
古亭村訪白水老人遺典
臺灣始政記念日二首
遊北投
九月七日靜處山人寄詩來酬之三首
中秋寄懷潭師三首
卽事五首

雨霽
憔悴
繞城
城南
次靜處洛西閒居詩韻卻寄十首
臺灣神社祭日恭賦四首
古意六首　昔我在家時　朝日照花林　芙蓉出碧灣　思君旦復旦　明月照北
海丈夫四方志
魚見五首
明治三十七年甲辰
甲辰早春南中口號次國府犀東詩韻二首
渡頭所見

江上漫賦二首
出遊二首
孟夏
月下吟十二首
時事雜詠十四首 讀宣戰詔四首水軍夜襲戰局變壞蟻兒復奚
疑英雄士又讀捕獲露艦所關辯明書蕭牆中有深愁難阻止
對月作
時事雜詠十五首 厚於雲惡朝廷紀戰四首蛤蟆塘南山得利寺大石橋
山東對州海捷四首進不休膽如斗瓜將軍陷遼陽萬歲歌
臺灣神社二首
天長節四首
紀戰雜詩十四首

鞍馬
拔刀
甲辰歲暮懷人四首
明治三十八年乙巳
一月二日旅順陷作長句紀其事
廣瀨少佐
訪陸羯南翁于鎌倉
明治三十九年丙午
詠牀頭芍藥花
明治四十年丁未
丁未新年作三首
羯南翁極樂寺村庵新成訪之偶題四首

羯南翁有和竹井星川見寄之韻詩予亦和之
送桑原北洲學士遊學清國
春興三首
淵明歸去來
蓮露
看雲
間瀬村多象樓二首
丁未秋懷五首
染井陸羯南先生墓下作
大塚郊上
送小林士維之米國二首
明治四十一年戊申

何蘭士畫山水歌爲桂湖村賦
大塚僦居
春日偶題
小苑卽事
遊護國寺
道上見砲隊過
目白臺女黌卽目
池上村競馬
觀櫻花三首二重橋參謀本部英國大使館
大塚高等師範學校諸子別筵口占
冬夜步月書懷

卷五

明治四十二年己酉

己酉正月將赴任京都二首
上御靈僦居四首
贈人
西京過禁苑作四首
桃山城墟二首
金閣寺
等持院村途上
過柏原鄉
遊葵橋詩
遊宇治五首 賴政墳二首 喚舟西渡欲至稚郎王祠 回望平等院 浮舟亭
西房觀螢

陰雨
大原村朧泉
寂光院
題靜處碧樓
靜處寄詩促登天台乃酬
秋日同靜處山人自白河登天台四明峰薄暮
下到坂本
春畝伊藤樞相公輓詞二首
明治四十三年庚戌
庚戌新年作二首
溪梅霽雪圖二首
宇野君歸自歐洲友人六七邀飲鴨涯

送石橋君遊學歐洲
吉野懷古二首
須磨
明石人丸祠
明石海濱
明石途上
詠舞子浦松
先考十五年諱辰述懷
相川判事示退職作七絶一首命和因呈
梅雨卽事
送內藤狩野小川富岡四君航于清國
卽事

聞韓國倂合條約成六首
叡山山行
庚戌天長節頌
庚戌歲暮作四首 蓬萊島少年子 東家主慕古人
明治四十四年辛亥
有梅
洛陽遇碧梧桐二首
春日雜詩五首
詩仙堂二首
病中寄京友
贈牧野君
送織田鶴陰博士再遊歐米次其留別韻

有感續賦三首
古意三首
秋興二首
野望
南都
正倉院
筑肥大閱畢　駕將東還至七條驛敬候二首
詩人七首
贈清客
送高瀨文學博士學遊清獨英三國一百韻
明治四十五年壬子
大正元年

壬子歲旦
蒙古來襲圖
近重物庵博士不惑超二有詩索和乃贈
枳殼邸陪菊池前祭酒留別茗筵言懷奉贈二
首
膽山生駒先生屈駕茅堂示以自壽七律次韻
奉呈二首
送君山狩野博士被命歷游西土六百字
乃木將軍二首
湯地氏
哀將軍曲
紫宸殿二首

清涼殿
荻戸
小御所
御學問所
大宮御所
仙洞五首
天龍寺書感
訪矢土錦山先生于清水泰產寺寓予與先生
不相見者二十年矣

卷六

大正二年癸丑
壬子除夜插梅花水仙冬青蘿蔔同在小瓶中

癸丑歲朝漫題
癸丑開歲書懷二首
歲首笠原桂舟荒木鳳岡兩醫博會西京詩老名流十三人于長春園席上書感
明日致謝桂舟鳳岡兩博士兼呈羣公用前韻
晨起見雪又賦
夜雪
一夕宴于京都某館榊子亮持一片札使衆各署其名將寄諸君山博士于巴里也以次至予命曰子必賦一詩乃賦
偶成
相國寺早春

月夜過相國寺

欲訪靜處洛西居先有此贈

讀靜處山房集贈福田子德

答人問洛陽春色

雜詩七首

物庵子有鳴門作見眎攀礎卻寄

春日雜詩十四首

醍醐日野途上三首

隱元渡

卽目三首

春怨

偶成

癸丑天授庵曲水集詩
莫愁行
送野上學士留學歐洲
木蘇岐山過廬賦贈
詠鶴
老松圖
脩紾二姪將歸省賦示
夏日偶成五首
羯南陸翁七年諱辰詠懷
望春日山作
鄉中書感
訪子德仲兄新居

哭齋藤犀堂

送雨山長尾子生還滬上

七條驛候　駕

二聖上陵車駕將發特宣文武有司賜謁殿廊

兩宮拜陵日恭賦

拜桃山陵

書懷

聞鄰事

清閑寺

感懷六首

前將軍德川公輓詞二首

膽山翁移居枚方別枝山

御靈閒居
木曾遊詩十首 關原 濃州途上 峽中望 駒嶽 木曾懸棧 讀俳句碑 憶芭蕉翁 寢覺石牀釣臺 信州諏訪湖畔卽目
答靜處山人次其詩韻
靜處詩又至再疊韻卻寄
窮冬
癸丑歲暮漫吟
大正三年甲寅
甲寅開歲有作四首
酬福田靜處
贈雨山居士二首
東陵

拜讀宣戰詔
從軍行四首
屋島二首
舟望
京都文科大學學友會遊于讚州航至備之宇野港登岸聞膠州得捷口號二絕句
膠州捷後示人
播州途上
雨山居士歸自支那卜居室町因有此贈
題樊川集
大正四年乙卯
國分青厓長尾雨山福田靜處三老惠然見訪

率賦志喜

孟秋望日偕雨山居士游于石山

翌日夜對月有作寄雨山居士

山崎渡中流遇雨

八幡里茅亭賞月與雨山話舊二首

贈衣浦漁叟次其自述詩韻

登極雅四篇 新宮景寶 嘗宮黃華

大正五年丙辰

丙辰三月奉命出游將辭御靈僑居悵然成詠

鳳岡荒木祭酒置酒公館壯予行色賦此留別

二首

次鳳岡祭酒韻

次君山狩野博士韻
雨山君山湖南諸公餞予於東山春雲樓席上
次雨山前輩送行詩韻
丙辰四月奉命游學支那臨發述志六韻
次木蘇岐山送行詩韻
再疊韻寄岐山
去國三首
島骨
望濟州島
海上二首
泝白河
寄宇野學士

聽少年吳鐵雲歌
燕京贈別鳥居素川
上八達嶺觀長城址
長陵
北海次李夢陽秋懷詩韻
京都狩野勝太郎銀婚式賀筵徵詩遙贈
哭柳村上田文學博士
與何君盛三別
謝鳥居素川惠同遊長城時所攝照相
月夜三首
始望齊北諸山
渡黃河

緑軒詩鈔　目録

自衞入鄭途過黃河

洛陽

洛郊日暮有作

宿八里堂楊氏

沙崗

龍亭

順德途上卽目

邯鄲

與黑木欽堂敎授共訪弢庵陳侍讀賦贈

陪欽堂前輩遊天寧寺

船津參贊官招飲席上率賦呈羣公

酬田原天南次其見示詩韻

送包敬士先生赴于日本
和李仲景先生感懷七律三首
又和仲景先生感懷二首
丙辰除夜二首

卷七

大正六年丁巳

丁巳元旦余在燕京僑民盡詣交民巷使署拜
聖容余亦隨其後
和如舟小川博士新年作次韻
如舟博士見贈一裘賦謝
送如舟博士東歸二首
送法學博士巖谷顧問患喉就治日本

陶然亭二首
天安門至中華門輦道如砥予日日散步忽見
新草生有感
六條胡同本願寺觀桃花賦呈默雁尊者
萬壽山四首
聞宣統帝復辟報
南池子夜坐時張勳擁立宣統帝段祺瑞討之
城中喧騷
七月十二日紀事
燹後過南河沿張辮子廢宅
亂後書感二首
步相川竹陰老人寄示詩韻卻寄

宿磁鐘鎭示羽溪學士
經古函谷關
閿鄉縣日暮作
盤豆鎭途上
潼關
夜入華州
渭南道中
登慈恩寺大雁塔
三橋鎭
發西安
喫西瓜
臨潼華淸宮溫泉六首

豸車詩錄　目錄

華州途上
宿靈寶縣
發靈寶
磁鐘鎮途上
復宿磁鐘鎮
觀音堂中秋
洛陽天津橋
鄭州與松本博士羽溪學士別
無題
彰德府宿于火車中
渡滹沱河向正定
直隷車中卽目

伯牙臺
洞庭湖望君山
長沙次前田博士詩韻
岳麓山望湘亭次前田博士韻
愛晚亭次前田博士韻
岳麓書院見木板有記國恥史者因賦
長沙賈太傅故宅
三閭大夫祠
汨羅
岳陽
溯江絕句五首
江上聞雁

失題
歳晩寄懷湖南内藤博士
寄懷君山狩野博士
寄秋吉默容師
丁巳申江除夜
大正七年戊午
戊午元旦
如舟博士見示韓幹畫馬詩因有此贈
贈道士李梅庵
明故宮址
半山亭
孝陵

江天一覽亭
禹陵
越王臺
鑑湖過陸放翁故宅登快閣
岳墳
西湖
春暮歸洛書懷
長樂館雅集次鳳岡祭酒詩韻二首
和湖南博士晴川篇
諸友爲余置酒于嵐山某亭
送內田博士游于美洲
送佐藤學士游學禹域

九日龜山登高
席上用長尾子生所攜惲南田畫菊扇題詩韻
率賦
輓香巖神田翁二首
寄題福島氏讀雪樓
輓富岡君撝
十念精舍小集二首
河堤
追憶五首
歲暮八首
大正八年己未
己未元旦二首

聞中山白崖掛冠賦贈次其詩韻
送島華水航往西洋
上苑春日
春日過禁苑偶成
御苑紫藤花
八幡祠
北郊京洛園摘莓實
芳野七首
次福田靜處韻卻寄
送武內宜卿學士之支那
東山春雲樓宴別歌
題福田眉仙所畫秦川秋旅圖卷

東矢野學士
送岡崎櫻洲學士游學支那
嵐山洗心閣社集分韻得心字
又得初字
追懷糿山衣洲
贈羅叔言次其留別詩韻二首
次惺軒博士詩韻
答包敬士先生
至洲本訪從兄江口雨田軍醫留宿書懷二首
夏日偶成
始舉男兒志喜且言期望因以命名
菱華學士次余夏日偶成詩韻見寄乃疊韻卻

寄
見菱華學士所寄香浦畫信片因憶霞浦舊遊
而賦次前韻
菱華學士再寄詩乃疊韻卻寄三首
下鴨里糺林清心軒社集探韻得支二首
和寺町愛山移居詩
和菱華散人詩七首
讀袖浦竹枝寄菱華散人仍用前韻
陸文正先生第十三回諱日書懷二首
領得文學博士學位書懷
嵯峨郊行
清瀧

中秋大雲院社集三首
又
送小川如舟博士西航次其留別韻
送物庵理博再航歐洲
己未歲晚二首

卷八

大正九年庚申
庚申新年
賦得歌題田家早梅
萩野和庵博士以其所著禹域游艸詩卷寄示
賦謝
贈曾田文甫

過鎌倉極樂寺村
悼小島義卿
江齋社集
又
鳳岡祭酒春雲樓讌集
庚申守歲
大正十年辛酉
辛酉新年
若王寺矢土錦山先生祭筵
和膽山翁八十自述二首
清風閣壽蘇筵贈雨山主人
漫吟三首

輓高野竹隱
送小柳柳柳子之支那
陪默容師薄遊宇治作
詩仙堂石川丈山二百五十年祭追懷成詠二首
夏日草山寺社集
哭佐賀東周學士
山田岳陽贈金陵遊記賦謝
題阪東貫山所畫泰山四時小景四首
山中遇道士
華神堂社集四首
觀音寺

碧梧吟六首
園木雜詩十首
還家
贈姪終一入營
訪小林士維於今朝白郊居
習卿兄墓
小島義卿墓
送人之朝鮮二首
頌四章
湖月
杪秋遊嵐峽坐大悲閣惺軒博士同往
辛酉臘月出南驛敬候　攝宮駕二首

儲皇攝政告陵畢　駕入大內賜謁臣民余職

叨學官列忝參進感恩紀盛二首

鳳岡祭酒山亭宴

又三首

又二首

冬日香泉寺

又賦

吉祥院天滿宮

浴城崎溫泉二首

大正十一年壬戌

蓬萊四首

賦得歌題旭光照波六韻

人日寺町愛山集成書屋招飲惺軒萬里二君
在座主人詩先成次其韻凡二十二疊

乃木將軍夫妻祠堂二首

桃山陵

東陵

青谿觀梅絕句七首

東山清風閣邀飲金拱北陳衡恪二君賦贈次
湖南前輩韻

鳩嶺社集

席上次中田洞北韻

光明寺社集次隱元詩韻二首

光明寺卽事二首

山行
湖寺賞月
河橋翫月
送神田𤰞盦遊支那
東山無名庵賞月四首
菊有黄花
檜谷先生報屋後種豆遭兎害賦寄奉慰
對月寄懷檜谷先生用前韻
秋野漫興二十首
月
月八首
皇后陛下行啓大學恭賦三首

小倉山社集倉山亭觀楓二首
富嶽三十二首
壬戌歲晩陪鳳岡祭酒清風閣宴二首
清風閣雅集卽興和鳳岡祭酒詩三首
又二首
壬戌除夜
卷九
大正十二年癸亥
癸亥二月四日移居二首
岡本觀梅五首
次山田岳陽步月韻
彥嶽兄五年祭日賦奠

脩姪大學卒業慶宴志喜四首
吉祥院村看菜花絶句九首
題畫
曳策
偶成
南鄉江樓題壁
和鳳岡先生歸家
詠懷
雜詩三首 山雞有麗毛 山木多自寇 荊棘覆嶺上
劫餘雜詠六首 忽焉亡 哭天兒 晨行 乘艦 婦罵夫 團欒
震後逃難獨歸洛寓遙憶泰兒
鳳岡祭酒清風閣宴集

宴集席上聯句

大正十三年甲子

東宮殿下納妃慶節恭賦六章

送青木迷陽學士遊支那四首

虎門歎

郵票歌

紈袴行

東宮及新妃殿下駐輦仙洞出于紫宸殿小御
所賜謁臣庶予亦預焉恭賦十二韻

桃山謁陵

乃木將軍廟

老蘇村觀梅

石寺林中遇雨
出村沿繖山麓西行時霽
劉徹行
我生行
上苑散步偶成
三旬
民國前大總統黃陂黎公來訪大學前史所無
鳳岡祭酒設宴歡迎予病不能赴賦六韻以
贈
臥病
病起卽事
沼津訪池谷觀海翁別後有贈

酬觀海翁見寄次韻
除草
雨霽
岡田劍西博士惠寄支那地圖朱線以記遊蹤
賦謝
送內藤湖南博士奉命西航
再疊韻
湖南前輩西航鳳岡祭酒設祖席於東山清風
閣陪次賦呈三疊韻
瀨田川泛舟送惺軒博士遊朝鮮
戲和湖南先生舟中作四疊韻
下保津峽舟中卽事

歸家曝書
中元卽事三首
至彌彥村訪子德仲兄火宮避暑
寶光院後老杉
牧花里訪解良氏百木園
呈主人精里君
白山公園眺望
萬代橋
渡部村訪阿部氏於偕樂軒
賀笹川良造君花甲
次湖南博士詩韻二首
聞淸帝移宮報五首

菊二首
細菊
嘵嘵雲中鴻一篇奉慰觀海翁喪令女
送姪脩赴任郡宰
南都
東福寺
金閣寺
二兄惠寄蕈菊蕈名薄衣菊曰籬下賦謝
又見惠栁實感賦

卷十

大正十四年乙丑

賦得歌題山色連天六韻

詩仙堂
九日遊大原水木生同行和其詩韻
又賦
三千院
鳳岡祭酒宴集次主人原韻二首
大正十五年丙寅
昭和元年
丙寅新年
宿讀月樓二首
豐島停雲贈虎畫賦謝
河水維清
賀大竹蔣逕翁古稀次其漫成詩韻

觀海翁有途上所見四絶予續貂三首
菅祠觀梅四首
上苑
送神田邕盦之東京
柳枝二首
讀秋山穆堂清風書屋存稿書後二首
春日雜詠十首
課兒
阿彌陀峰豐公冢
天王山
寶積寺
山崎渡

淀城址
寄小島贄川學士
和王晉卿見示詩次韻二首
鳳皇吟一篇賀湖南博士周甲
徯吾后
次須賀蓬城見寄詩韻
題蓬城匡爐瀑布圖次其詩韻
寄蓬城次前韻
和鳳岡祭酒詩七首
訪松濤師歸有詩見寄因和二首
八月十二日書懷
神戸乘船夜作

過西溟
杭州西湖有感
鷄鳴寺
胭脂井二首
訪東南大學卽目
清涼山憶晉元帝舊事
又書感
莫愁湖
朝天宮
明故宮址
將赴孝陵途上望白堊館
赤壁二首

白鹿洞
黃鶴樓
抱冰堂
鄭州北過黃河
燕京古物陳列所二首
濟北渡黃河南望
濟南臥病二首
即事
自青島乘船向大連曉過山東角望劉公島芝罘諸山
平壤牡丹臺二首
景福宮

豸軒詩鈔　目録

慶會樓
昌德宮秘苑
歸家
葛原芭蕉堂社集席上
送王芃生歸湖南
丙寅秋懷八首
贈前田七樂
紀恩
贈人移居
松濤師惠園蔬且圖之賦謝
大行天皇輓詞二首
丙寅歲晚二首

昭和二年丁卯

衡梅院物庵理博著集

第七臨時敎員養成所卒業式賦此送行

現代娘

酬王晉卿

送水木生東行二首

藤代素人先生輓詞二首

次鳥居素川武漢卽事詩韻

聞素川談支那近事

鳳岡祭酒惠顧蒙賜所攜枇杷賦此奉謝且述

鄙情

哭王靜庵

南禪院行樂社吟集
歸村
枇杷樹
聽蟲吟
梁川星巖七十年諱辰書感
聞田嶋赤城博士致仕賦贈
八達嶺戍樓寫眞歌贈素川子
攜兒輩遊于漢堤
歸夢四首
日日
題半臥子畫竹以半臥子畫四字爲句首
寧樂四首　春日祠　大佛殿　手向山神社　三笠山

恭聞　上御苑田親手銍艾
嵐山大悲閣
虚空藏寺洗心閣社集
席上戲贈物庵理博
訪松濤師臨歸斫贈水仙花
三輪確堂將軍見惠筆筒大砲藥夾所製云賦
謝
酬松濤師二首
獲杜詩朱郭兩注本志喜
丁卯歲晩二首

卷十一

昭和三年戊辰

昭和戊辰新年作二首
贈惺軒博士蒙召入京次其御題山色新詩原
韻
物庵博士惠蠟蜜賦呈
送倉石學士留學支那
酬建部水城博士
梅香遍
蒼蒼閩山柏一篇賀葉母陳太夫人五十壽
祫祭三首祖妣三十年祭　習卿兄十年祭　先妣小祥
妙心寺桂春院社集
又
清風閣鳳岡祭酒春宴三首

送吉川宛亭學士游學支那
和高坂超然作四首
東山清風閣宴贈鄭蘇戡
和鄭蘇戡見贈作
至大學講堂拜　明治天皇聖影時始置明治
節
京都驛迎　駕
登極大禮恭賦四首
大禮推恩及祖考文臺追賜從五位感賦二首
鄉中諸君子致祭祖考文臺書懷遙寄二首
赴豐明殿宴二重橋上作二首
正殿賜謁

豐明殿陪宴
衡梅院社集率賦
贈惺軒博士二首
和惺軒博士歸田作
昭和四年己巳
物庵贈紫芝植盆塡以岐陽水美石賦謝
長岡菅祠社集二首
伴兒女到澱堤摘青
歸家二首
春日箕面山行
鳴門觀潮絕句七首
望竹島

鳳岡祭酒以老致仕賦呈
東福寺開山堂社集
吉祥院村訪香泉寺六首
東倉石學士
東方文化學院京都研究所成志喜且示諸生
己巳夏五訪恭仁山莊呈炳卿博士
悼山口松陰
賀白莊司孤山定嗣次其自述原韻
賀野上雨峯翁金婚慶辰
題宛亭學士所贈六角彩燈
亡羊松本先生退休賦呈
奉命將航往歐洲五月五日同社諸友祖宴於

妙心寺大心院賦此呈惺軒先生兼贈羣公
七月四日將赴歐洲書懷
留別諸友二首
次三浦梅癡送行詩韻
次寺町愛山送行詩韻
次高坂超然送行詩韻
次河野葦川送行詩韻
船到馬關
出海峽
海上所見
香港
海上所見

法京逢織田鶴陰博士聞博士近將回國因贈
凱旋門
德意地國西道中作
矮馬兒市德國二詩人銅像
和蘭陀道林村訪德國廢帝該撒幽居三首
歸巴里
薛延河橋上作
聖徒祭日偶成
徐世嬪莊偶感
發法京
瑞西山中作
羅馬

急雨
舟中月夜三首
庚午初度
偶感
歸家
酬惺軒博士
酬超然老人二首
聽鶯卽事
光雲寺社集賦贈同志
賀陶庵西園寺公八十初度次國府犀東詩韻
題阪東貫山畫鱖三首
清風閣宴餞鳳岡前祭酒二首

詩仙堂社集卽興
席上贈萬里用其送予遊歐詩原韻
鳳岡荒木先生前辭大學無幾就聘學習院設
宴留別招邀見及賦此奉贈二首
御室仁和寺千葉櫻花下歌
詠藤樹書院老藤
寄題槃澗學寮
枯死雪江松歌
送河合月浦老人移居東京
賀月浦周甲二首
大德寺黃梅院社集
展福原周峰翁墓

寄荒木鳳岡院長在駿之桃鄉次其見示函嶺
詩韻
常滑正住院卽事示天湖上人
嘲寺池食用蛙
常滑銷夏雜詠十首
訪松濤師不遇
妙心寺長興院社集贈近重物庵
和物庵六十自嘲詩次韻
次須賀蓬城移居詩韻
大江萬里讀禮中寫孝經一本見寄賦慰次其
秋懷詩韻
庚午中秋

中秋步月城南訪松濤師夜坐
南郊歸路偶詠
月夜四首
題鳳岡存稿
寺町愛山移居西郊有詩見示次韻卻寄
神戸港奉拜大觀艦式
十月三十日書感
是日値古重陽節社集于植物園昭和會館
鴨堤曉行
候　駕京都驛賜謁
等持院社集
歲暮東山芭蕉堂社集有感二首

卷十二

昭和六年辛未

和近重物庵病牀詠
題楠公父子櫻井驛訣別圖
十鶯詩
次物庵病中詩韻
憶白玉梅
題兒島高德斫櫻樹圖二首
雛祭行
瀹茗
眞如寺社集三首
題藝文叢誌終刊號
春日雜詠四首
學士會館社集二首

南郊賞菜花二首
玉水觀金棠棣花五首
東方文化研究所長狩野君招飲民國江叔海
胡綏之二儒同邀有感
妙心寺退藏院社集題院中假山水次無著道
忠禪師詩韻十七首
靈雲院雅集二首
紀事
遊西芳精舍
又
和鳳岡先生牡丹花詩
贈從三位牧野侯拜朝恩後一年恭賦次日本

弘道會長德川伯爵詩韻
清水成就院社集
青山漫興六首
天龍寺社集二首
天龍寺社集漫興六首
戲呈惺軒博士
南紀航行曉起
勝浦港面望那智瀑
青岸渡寺方丈望瀑
那智瀑布水歌
浮島
平重盛手植竹柏

望忘歸洞
西航向田邊
潮岬二首
圓月洞
鬪雞神社
示白莊司孤山
彌彥村拜仲兄子德墳別橫刀舍
歸粟生津舊廬書懷
高野山三寶院寓居作
白莊司孤山來訪
孤山歸寄詩到次韻卻寄
急雨

寄久保檜谷翁在善集院
和惺軒博士見示卽興
山中雜詩五首
展僧契仲墓
檜谷先生見訪辱示論學二篇賦呈
予已歸洛檜谷先生自楊柳城寄詩再次前韻
賦呈
杜詩譯解成自題其後二首
妙心寺方丈社集
九月二十七日夜晴
高坂超然惠懸崖菊雙盆賦謝
題豐公擲明封册圖

重陽
追懷桑原博士
水無瀨神社
櫻井驛址觀乃木東鄉兩將軍題字碑
賴山陽先生百年祭賦奠二首
是日東山長樂寺後拜山陽先生墓
寄超然老報崖菊近狀二首
牀頭崖菊
聽泉居賞秋賦似主人島華水博士
和氣公墓
高雄山寺
地藏谷投杯戲

東福寺通天橋觀楓
箕面山看楓七首
鄰事
復見
臥病卽事
賴惟久贈水西莊枯梅印顆賦謝
謁伊勢神宮
昭和七年壬申
曉雞聲
北野謁菅祠二首
壬申正月蒙命充宮中講書始儀漢書進講控
儀畢紀事書感六首

恩命頒賜羽二重帛一匹感賦
和孤山七十自述二首
得孤山梅花信二首
浪華客舍
和歌浦二首
觀海閣
南部觀梅絕句十二首
白濱
白濱客舍浴泉二首
銀沙湯
圓月洞
大學臨海研究所

楊谷寺至登山口
聞戰報
贈人
謝客問詩
妙心寺大心院社集
席上分韻得瑜字
送族子江口敬四郎赴任平壤高等女學校
遊新和歌浦至牛鼻岬作
寂光院
桑原北洲博士墓下作
衰李
粟津

茶臼山
石山寺
三井寺
平安神宮宮苑賞櫻花四首
祇園夜櫻
無料休憩所
東山
嵐峽看花三首
兒女
風雨
鹿谷光雲寺社集
雨中訪寺町愛山嵯峨山莊主人有詩次韻

毅軒詩鈔　目録

訪藤樹書院
初夏地藏谷
高雄至清瀧途上
溪上作戲
空也瀑二首
梅宮二首
松尾祠
祠前寓目
遊西芳寺二首
西芳寺即事四首
再疊韻
典試入京留宿學士會館聞呢哥來寺鐘聲有

感
送人之滿洲次韻
荒神橋學士俱樂部社集
賀建部水城博士周甲次其自述原韻二首
大阪城桐畝
送姪脩藏赴任東京二首
孤山惠美洲美龍瓜
滿洲國成
寄鄭蘇戡總理二首
過不忍池
超然惠崖菊黃絳兩種二首
孤山惠臺南白柚加洲黃瓜用孤山體

賀知恩院孝譽上人百歲壽
陸軍大演習　駕幸大阪至京都驛站迎候二首
龍安寺社集二首
桃山驛站候　駕
大阪城東練兵場親閲中等學校專門學校大學學生生徒及青年團處女團陪觀紀事
遊高雄山二首
通天橋觀楓
清水寺
三千院
寂光院

寄題羽田博士西賀茂新居
寺町愛山不欲人賀其壽戲贈

卷十三

昭和八年癸酉
留宿東京學士會館逢生日作
癸酉講書始儀蒙命充漢書進講官入宮途上作
鳳凰房講詩周頌思文篇書懷二首
退朝有感
告廟
和高橋翠村翁春詠
紫明閣卽事

月瀨觀梅
梅溪山亭
月瀨觀梅絕句七首
伊賀上野二首
彥嶽兄十五年祭日賦奠四首
翠村先生惠寄詩篇奉酬
癸酉天長節例赴大學講堂拜　聖容書懷
奈良公園
春日祠紫藤
祠後寄生木
大佛鐘
初瀨寺賞牡丹

寺後白藤花
定家俊成墓
安然塔
三井寺眺望
自片原街移居相國寺東鄰作
戲詠猪
孤山惠臺灣巴俳椰果
贈竹內清齋步羽峰南摩氏琉璃溪詩原韻
遊琉璃溪作
琉璃溪十二勝
新居雜詠六首 相國寺曉池　驟雨　秋意　蟲韻　閑庭　夜步鴨堤
陸羯南翁廿七回忌辰言懷二首

羯南文錄刻成題其後
古座峽紀遊詩 獅子舞巖 奇絕峽二首 鉛山懷古 海儒樓晚望 宿于海樓示孤山 橋杭巖 擬大島竹枝詞 望九龍島 古座峽歌 清暑島 少女峰 髑髏巖 三山冠 玉筍峰 一枚巖 天柱峰 望滴翠峰 舟中望玉筍 即目 巨人巖 鱣魚潭 明月巖 姬松原 潮岬
癸酉中秋
越南大閱 駕幸京都恭迎二首
京都宮入謁
超然贈蘭菊賦謝二首
關原懷古
寄懷孤山二首
孤山贈臺灣白柚文旦賦謝

過龍安寺
秋晚偶成二首
山科本願寺別院
醍醐傳法院林池
醍醐途上
小野小町粉粧橋
江村先塋側新卜兆域葬長女雪江書懷
又二首
姪脩藏婦峰子孺以六月二日逝是日亦葬于
予女墓北鄰
埋葬畢書示脩姪
追憶峰子四首

雪江小祥日書懷二首
同社兒
皇長子誕生恭賦
又賦
草筆
賀上原看雲氏八十八壽
寄題村上前田氏庭松
癸酉除夕孤山惠寄臺灣椪柑新編詩存亦到
賦贈
癸酉除夜
昭和九年甲戌
甲戌新年

元旦謁菅祠
日本學術振興會舉予充委員
拜桃山陵
訪孤山問病二首
望嶽有感
偶成
贈孤山
新雪寄懷孤山
敲冰
病起値晴
檜谷先生入洛賦呈二首
寄孤山

又

賀物庵博士開眼退院

甲戌紀元節二首

蕗薹

偶成

和孤山病中詩三首

內藤炳卿博士病中寄示二詩賦贈二首

賀淡村和田君古稀二首

懷德堂文科講義竟書懷示堂友諸君二首

春日長岡菅祠

濃州春望

松井大學總長狩野研究所長邀飲都館席上

贈滿洲國鄭特使二首
春晚圓福寺三首
伏虎殿
卽事
庭中垂絲櫻竟不開
枕頭
東樓病起卽事二首
久邇宮大妃殿下有教在修學院離宮鄰雲亭
賜茗飲陪筵偶成
小庭卽事
贈某
調孤山

江樓社集壽檜谷先生
東鄉元帥薨葬以國儀二首
南禪寺最勝院社集
和風軒卽詠
悼天隨久保博士二首
甲戌中元
東塋
南塋二首
故里二首
訪山際柳堤翁留宿
最上氏杉雲山莊二首
出門不見山

悼白莊司孤山
解良氏百木園池亭即賦贈主人用壁間所掛
王穉登詩原韻
解良君奉令耕獻穀田余聞之而喜賦贈
新營家墓撤長女雪江殯處躬庋其骨瓮于幽
壙架上了書懷
追步小川南堵叔父詩韻二首
鴨涯紫明閣社集追悼孤山五首
失題
中秋鷹溪觀月同檜谷犇山二君二首
又次檜谷先生詩韻二首
歸途又作

客懷
謝超然惠菊二首
送姪高橋啓三入營赴朝鮮羅南
又
卽事
超然病中贈寒菊
繼宮明仁親王殿下甲戌誕辰恭賦八韻
歲暮書懷
除夜得吉村勝治悼亡信卻寄
昭和十年乙亥
賦得池邊鶴
送新村博士應召入朝進講

贈宇野博士進講
送神田鬯盦游學歐洲
奉送新城前祭酒赴任滬上長尾雨山狩野君
山二公先有作仍步其韻
賀須賀蓬城耳順次韻二首
又
乙亥紀元節
花園天球院社集二首
席上分韻得山
早春追憶白莊司孤山次中田洞北韻
即事二首
送原田學士赴任臺灣文政大學次其贈詩原

韻二首
鴨涯紫明閣社集卽興次杜子美夜宴左氏莊
　詩韻
日出岡春眺
琵琶湖飯館
槍山
自醍醐踰嶺至巖間寺途上
湖望
義仲寺
迎滿洲國皇帝頌
滿洲國皇帝來航駕自東京至京都又向奈良
　紀盛八章

聽松院社集二首
偶成
桂水泛遊
先考惕軒先生四十年祭賦奠二首
贈柳堤山際君
天授庵社集
物庵理博以土佐虎斑硯見惠賦贈
得迷陽青木君信云新膺學位贈賀
內藤炳卿博士小祥追懷次韻
最上君慶筵賦贈
羯南先生夫人今居氏小祥逮夜作
羯南夫人墓下作

白莊司孤山小祥前五日展其墓追懷二首
鎭西上人七百年忌頌二首
乙亥中秋
桂花二首
賀富山房五十周年贈主人坂本君
赴下呂溫泉途上車中作
下木蘇川二首
舟中望犬山城
同
登犬山城
對叢菊贈超然居士
聽琴橋

乙亥十一月朔脩姪始擧男兒報到書感願其成長後覆讀此篇三首
又示脩姪
對菊
偶成
念齋報到
有人索筆詩
追憶天隨博士
秋晩再遊琉璃溪二十五首　諸勝八首　螮蝀泉　渴虯澗　沈虎潭　高臥石　彈琴泉　會仙巖　水晶簾　錦繡巖　宿待仙亭　晨起　溪閣卽事四首　溪行雜詩十二首
長女雪江三周年祭志懷
啓姪除隊自羅南至賦示

超然老寄興津鯛戲賦
讀惺軒博士鼓腹集
又

卷十四

昭和十一年丙子
丙子新年
平野祠冬櫻
北野菅祠蠟梅
愚庵和尚三十三回忌辰追懷
和龜井南溟詩七首
相國寺東寓社集用移居詩舊韻八首
次川西宮司移梅詩韻

梨木神社行樂社集二首
春日梨木祠
次蓬城題圍碁圖詩韻
失題三首
自東京歸値雪霽
入京途上相州車中作二首
次某氏詩韻三首
偶成二首
青谿觀梅二首
鹿王院社集三首
賀濟齋山田君古稀次其自述詩韻
得一京信官印記曰準戒嚴令開緘

贈宇野博士退休
龍安寺社集二首
丙子天長節二首
詠庭前木蓮花
島蓉港先生五十年諱辰讀義嗣華水博士所
寄先生小傳有感賦奠
粕壁牛島觀藤花作二首
和乾山翁詩
如蘭會席上賦呈諸友
芍藥
杜鵑花
乾山翁來訪賦呈

大覺寺望雲亭社集
賀野上雨峯翁夫妻同迎喜字壽次其自壽詩
韻
中元宵至三條橋觀大文字火
悼伊藤鴛城翁二首
梨木祠社集二首
學齋午睡
遊相國寺蓮池
夾竹桃
秋海棠
惺軒博士竹林養雀
詠胡瓜

詠茄子
詠豆腐
詠白桃
詠白葡萄
詠結城瓜
流雲
今夜
陰曆七月既望玩月二首
賀石川文莊翁古稀次其自述韻
送姪脩赴任廣島
梨木祠觀天竺花
松花堂卽事二首

中秋無月
梨木神社祭日獻詠二首
遊柹生村上秋葉邱
拜明治神宮
送姪終一赴仙臺二首
重陽前三日超然老寄崖菊雙盆並絳蘂燦然
賦謝二首
嵐峽迎賓館社集
詠史
偶成
二塚
下赤坂城址

楠公誕生地二首
產湯井
檜尾陵
觀心寺中院
金剛寺天野殿
金剛寺觀月亭
鎌倉極樂寺訪浦苫屋屋爲外舅羯南陸先生
養痾讀書之處二首
江島樓眺
震災記念堂
遊向島百花園五首
牛淵

京大倶樂部第三回總會有作
白山茶
悼河合月浦
遊山寺雜詠四首次傅君韻三首次君山所長韻一首
再疊和君山先生山居詩三首
三疊自述三首
四疊贈君山先生三首
五疊贈君山先生三首
傅講師用遊山寺詩韻其第三疊及虎辱賜佳製乃敬奉和卻呈三首
無題
十二月廿七夜

丙子歲晚二首
丙子守歲
昭和十二年丁丑
丁丑新年二首
田家雪
同
依傅君芸子韻論文就正三首
山行自將軍塚至清水寺二首
君山先生惠貺高詠其辭過奬賦此奉答三首
生日讀除報
贈諸橋博士蒙召講經二首
贈中田洞北次其七十自述詩韻二首

行樂社五壽會席上放歌
相國寺晨行所見
窗東
陽坡
隔牆
遇大塚君
送大塚君歸北平
悼岳陽山田君
蓬城宅社集五首
次蓬城君韻三首
疊韻自述三首
席上分鄭師冉聯句得煙低兩字各一首

詠人丸石
無能
熱海途上
奉賀　久邇宮恭仁子女王殿下高等科卒業
四首
修學院離宮奉陪　久邇宮多嘉王王妃兩殿
下茗讌恭賦
展桑原博士墓
賞庭櫻四首
雨日春遊七首
贈犇山次其自述詩韻
送兒泰平遊學北海道三首

香泉寺社集八首

香泉寺社集憶刑部卿文章博士菅原是善公
作

席上分韻得風

丁丑天長節

賀佐佐木博士蒙賜文化章

竹柏園主人佐佐木博士招飲芝山三緣亭席
上率吟敬贈

鳳岡先生移居志感有詩見寄攀韻卻呈奉賀
時先生新相樞密

奉和鳳岡樞密移居志感

狩野君山博士古稀壽筵口號

蕃山堂社集憶蕃山次其題畫詩韻
又次餞行詩韻
蕃山堂息游軒庭上観忠孝碑
次超然移居詩韻三首
悼吉田泗鷗
哭小野櫻山
虚白洞社集用近藤南州詩韻
賞櫻二首
葵祭次傳講師韻
天授庵社集
席上贈檜谷社幹
王師

江上
和鶴陰博士自述賀其古稀三首
神宮祭主久邇宮殿下輓詞
禹封
送西村學士從軍
秋懷二首
明治節讀上海戰報
題紫明閣
遷宅
虜窟
問超然病
雪江五年祭筵書懷

豹軒詩鈔目錄

豹軒詩鈔

豹軒詩鈔卷一

北越　鈴木虎雄　撰

明治二十年丁亥　十歲

哭伯兄柹園先生　十月

痛哭無期別不知何處行墓門君不見秋草露華清

寄懷仲兄彥嶽君在東京　十二月

千里遠遊人一朝辭老親樓頭空入夢託雁郢歌新

大鳥川晚釣

蘆岸秋將老晚來魚自多東山新月白遠近聽漁歌

明治二十一年戊子　十一歲

送小島義卿于役新發田兵營

故人一去幾時歸誘掖訓言自此違今夜書窗寒月色
離歌唱罷淚沾衣

明治二十二年己丑十二歲

送鈴木宗久君遊于東京三月

行矣東洋第一京區區何管故園情嗟吾羽翼猶如昨
羨子萍遊萬里程

題楠公父子訣別圖

遵奉錦旗順公捨私維忠維慈愛君親兒楠廟千祀湊
川無涯

賞雪

雪滿庭園一段清前堂後閣玉雕成望中千里渾銀色卜得年豐鼓腹情

雪中訪友

飛雪霏霏天未昏短簑破笠訪山村溪頭忽認暗香動立盡瓊瑤堆裡門

孟母斷機

偉哉斷機母生此鳳凰雛請見三遷業長爲萬世模

送人東行九月

此業從來在苦辛千金自愛客窗身明朝匹馬向東去知是他年衣錦人

除夜二首

學業依然又歲除家人對酌炙枯魚憂心未睡寒燈下

水漏沈沈感有餘
一事無成屬歲除可憐鴻信往來疎自羞象舞春方迫
空對燈花感有餘

明治二十三年庚寅十三歲

將遊東京留別二月十八日
千里辭親遊帝京自期磨琢大成名不知衣錦歸鄉日
一笑把杯話此情

中元懷鄉
家在白雲千里鄉奈斯遊子思親腸說出去年今夜事
兄弟四人共舉觴

用家君所寄詩韻卻寄從兄昌五

信書久絶固無他學海如今事務多借問我家前苑裡
秋來熟柹味如何

明治二十四年辛卯 十四歲

書感

旅窗春且暮聊欲慰清貧柳伴輕風長花隨浩氣新靑
雲難達志紅袖易慾身願續西樓夢宵宵侍老親

寄長善館同窗會員諸氏

文園耕且耨誰最講魯論此會功名重斯門德義尊相
俟寧有種桃李固無言知是今宵宴娟娟月滿軒

辛卯中秋訪彥嶽兄於早稻田村東京專門學
校不遇留一詩而歸

中天皓月晚風徐萬頃黃雲晝不如吟杖訪來君不見
孤燈空照案頭書

詠史

氣蓋世兮力拔山鞭聲一擧入函關惜君不用謀臣策
身死帳中涕淚間

明治二十五年壬辰十五歲

春日書感

早梅香馥郁紫陌忽催春翠靄籠林樹紅霞滿水濱桃
源蝴蝶夢塵世薜蘿身溫故雖宜貴又能尚日新

初夏夜坐偶成

百花紛盡夜蕭條林外笛聲魂欲消知是今宵半天月

照來西水第三橋

歸省偶成二首

香飯枯魚又菜羹農談詩話滿胸清誰知今日眞鄉味
生自弟兄友愛情

庭竹送風風滿樓樽中有酒酒消愁劍峰日落雲將紫
一局鬬棊月一鉤

留別

離歌一曲酒杯傳別淚難留萬感牽膝下奉歡纔半月
旅窗苦學已三年商飇吹袂雲容淡灝氣滿空星影鮮
誰道遠程相識少吟鞍到處舊山川

聞從兄子椿聘赴阿波賦寄

燕王臺上千金寶聘得吾門董仲舒堪羨山光將水色

金聲載去一篇書

明治二十六年癸巳　十六歲

鎌倉懷古二首

一路湘南幾度過黍離麥秀感如何創基豈在山河壯
絕祀唯依政令苛九代榮華春草合千年遺恨夕陽多
行人莫問興亡事畢竟將軍不伐柯

英雄遺跡古今同霸府興亡感慨中桎梏嘗聞孤島雨
鞬櫜還御八州風蕭牆有禍干戈踵昭穆無親事業空
曾是崢嶸蓮幕地陽春寂寞野棠紅

將歸鄉踰碓冰嶺　八月

晨辭丹鳳闕暮上白雲山煙雨初澄霽道途殊險艱飄

如攀碧落惚似脫塵寰麋鹿避行旅樵蘇稀往還泉懸
魚潑刺樹匝鳥綿蠻此境難多得長希遠闤闠

贈習卿兄三首

雙親鬢髮雪霜稠愧我青雲志未休彈鋏馮諼空坎軻
登樓王粲尙淹留三年故國弟兄夢萬里高天鴻雁秋
不盡西風江上恨一痕寒月滿蘋洲

秋風滿目客懷催燈火照愁書一堆兩漢文章皆錦繡
六朝詩句各瓊瑰羨君高臥相如宅歎我原非靖節才
聞道故園秋色老不知何日賦歸來

夜耽玩讀晝耕耘便悟功名薄似雲朋黨何爲分漢楚
詞壇誰竟擬桓文江湖落魄無如我山野風流固屬君
想見蕭然環堵室猶餘五典與三墳

題照相背後

睅其目便其腹布短露胼胝肩聳脚樸樕憐汝當年志題杜出故鄉文慕韓子筆詩羨李生囊慈親今老矣鬢華白似霜吁嗟片紙展來心緒亂盍速去慰倚閭歎

月夕偶吟

腸斷西風白露秋敝來誰補木綿裘芙蓉峰外客回首明月還應照越州

九日江上作

長江木落浪聲寒天漢星移夜色闌鐵笛高樓風冷冷霜砧破屋月丸丸書從黃耳漸應到客與白衣强自寬旅食京城秋又老菊花荒徑任人看

偶成

客裡星霜似擲梭幾回浮世感蹉跎天涯涕淚憐工部
海內文章憶汨羅學溯淵源聊復爾身離鄉國竟如何
窮途偏向蒼蒼問忼慨中宵倚太阿

鴻臺懷古二首

鴻臺鬱鬱枕汀洲當日爭衡此渡頭萬骨功名歸蔓草
一天星漢壓空樓寒雲有響鐘樓曉老柳無聲澤國秋
獨立不堪聞牧笛蒼茫萬古使人愁

江頭日落朔風回野草荒荒骨作堆白雁蒼天呼雨雪
青燐黑夜走蒿萊亂餘河嶽壯猶在戰後松楸秋更摧
地下有靈應涕泣寒潮殘月起餘哀

聞小島義卿將歸鄉寄似

飄泊西東歲月深相逢一笑爲披襟陶家松菊勞鄉夢

范叔綈袍愜客心慵出蛟龍又潛窟倦飛禽鳥更歸林
平生未報江湖志憔悴風塵發越吟

送義卿歸越二首

旗亭枯柳客傷情歲晩憐君出帝城此去關山鄉國遠
白雲埋盡馬蹄聲
曉風殘月馬蕭蕭孤客前程萬里遙臨別不揮丈夫淚
丹誠只合答天朝

癸巳除夜作

萍蹤長滯墨江濱桃梗如何比此身匣底鏽刀空自吼
牀頭饑鼠屢相親寒烏啼月匝枯樹斷雁嘶雲下遠津
刎頸交遊音信盡滿樓風雪感懷頻上書北闕非吾事
馳輿西園定幾人他日學成當侍養故山道遠莫逡巡

明治二十七年甲午 十七歳

寛永寺

山上寺殘苔半侵將軍曾此奉泥金銅人不解興亡恨
櫻樹獨知今古心畫閣蛟龍虚夜月香壇鳥雀噪春陰
回望盡是前朝物霸氣銷沈感慨深

藤旭洲宅觀楠公古戰旗歌

建武年間古旌旆絹素剝落西都傳鐵畫銀鉤楠公筆
五字眞蹟自明鮮盥漱焚香開篋笥唯見堂上雲煙萃
蛟龍盤挐墨淋漓經營慘淡勤王意憶昔金剛驅賊兵
忠義之氣天壤橫忽見赤幟翻趙壁豈容螢弧登許城
西南氛祲隻手掃六龍再御長安道斯須轂下胡兒出

貴妃恨未委泥潦湊河死戰氣空雄此旗所向虎逐風
誰收餘燼當豺狼精忠獨稱貫日虹南朝事去六百載
齊晉霸圖幾回改當時翩翻暗風塵此日斕斑生光彩
障上梁間氣絪緼點畫瘦硬肅不紛知君愛旗非爲字
敢論行草籀篆文忠臣遺墨不易獲十襲珍重如和璧
召伯民嘗惜甘棠武侯祠猶存古柏古柏甘棠久寂寥
此旗曾懸日月昭卷舒反覆感今古芳山半壁憶南朝
君不見神州萬古正氣度斯公敵愾奉赫怒觀感能使
忠臣多此旗何啻百大呂

漢江行（傷韓人金玉均死也）

楊花津頭飢啄烏路旁死人無完膚腥風夜吹飛頭顱
陰火明滅鬼揶揄月色森森冷菰蒲有物人立語康衢

吾昔喪元暴路隅廊廟器材今有無往歲政紊紫奪朱
轂下鞞鼓急號呼黔首顒蒙堪憂虞朝廷衮職誰覬覦
天命猶未假狂夫亡命神州風物殊芙蓉白雪衆蟄趨
鶯花春滿小西湖蜑煙瘴風黿鼉區月夜魂歸故山廬
局促固非轅下駒零丁何識滄海珠今年與客就行途
艨艟遙指清北都玉山不學袖手愚獲兒欲探猛虎鬚
滬上突出荆聶奴懷璧竟失千金軀多年天涯德不孤
此日遺憾泣葭莩漫道逆賊被天誅八道驛傳爭歡娛
市上白晝擲無辜微軀何惜奈廟謨英露獨佛森盤紆
近聞暹羅輸版圖尙輕志士重賄帑小國存亡待須臾
伍員忠誠賜屬鏤包胥血淚寧如吾吾豈忠誠伍員徒
惜哉掛眼東門見亡吳

遊照明寺 在寺泊

石梯千尺攝衣登避暑危闌暮自憑山頂月明秋寺閣
海門潮漾夜船燈松巢警露雙棲鶴竹院煎茶獨坐僧
借問樓居何處好尋仙更入白雲層

送人從軍于朝鮮三首

南山寇盜暗塵埃赤馬關頭戰艦開墮地從軍良壯矣
倚天橫槊亦悠哉功名我輩空王澤事業君倫是霸才
烈日嚴霜須努力此行何必望歸來

龍吼腰間一劍鳴軒天意氣策縱橫固知陳蕃慵除室
設有劉琨豈解兵受命凶門辭耆舊圖功麟閣答昇平
覺羅諸將眞兒戲想見旭旗搖漢城

英雄業廢竟如何禦侮感君慷慨歌七國縱橫風雨變

三天社稷鼓旗多遠征若不平交阯豪氣應無要伏波
記取韓山脣齒地偉圖容易莫蹉跎

東方欲曙篇送人從軍

東方欲曙天雞號星河漸沒曉日高山陽營門魚鑰動
帷幄倥偬按鈐韜萬乘　天子親戎事宵旰御牀勞謀
議絕海樓船羽林兵馳逐直據形勝地昨夜天兵拔牙
山萬里韓山鮮血殷猶似狂飇捲枯葉胡兒奔北幾人
還碧蹄館荒秋草短大同江寒殺氣滿一戰平壤何在
哉長白山南胡馬斷捷書日奏虎幄中　天顏有喜近
臣同黼黻忠良重社稷大猷于今非和戎憶昨拜讀五
色詔理義文章共焜耀　君王仁慈視衆庶諭旨丁寧
泣老少子今棄鋤往投軍意氣已衝渤海雲誓爲　吾

九

皇作京觀義戰如斯古未聞君不見黃海之水幾百尺
胡虜恃險恣橫逆又不見神州兵強三千年　明君懷
德臨九邊天下豈有仁者敵降旗應出燕京壁金鼓未
交我能知勝敗之數固歷歷

明治二十八年乙未十八歲

從軍行二首

蒼黃樹胡旗不知何壘壁篝火滅又明前岸如有敵將
軍思津梁健兒應沙冪乃脫血戰袍躍淵水聲砉亂流
近前汀寒月照蘆荻拔刀斷鐵鎖悠爾鉤畫鷁歸來潛
行間何敢稱功績斯心只奉　君持以掃夷狄
朝辭山陽里暮入古幽州風勁秋草斷天寒宿荒邱隴

頭玄冰裂雪滿黑貂裘古戍笳聲動南拱廣陵秋不道關山苦不願取封侯君恩泰華重明日平滿洲蒲生褧亭曰古意古調桂湖村曰起首頗佳是高岑家法而句法則不同

出師曲三首

纛下點檢急王命征夷蠻軍牒看名字不死畎畝間驅馬出閭里蒼茫望關山道傍相送者叩鞍涕淚潸稺子嗟何意見爺只破顏豈不思六親壯士去不還

洪濤秋八月舳艫破冥濛殺氣連海岱孤劍向遼東遼東三千里土俗皆昧蒙戎狄今充斥誓欲策邊功蓬瀛倏已遠塞關斷雲中彎弓射胡月茫茫天地空

美哉岫巖固河山開天府守備得士心百萬何足數在德不在險興亡今猶古胡軍忽奔崩王師纔三鼓諗爾

遼陽兵更能餘勇賈固欲明名分豈事尺寸土

征夫行

同雲黯慘朔風烈低飛鷲鶬哀鳴絕夜來雲壓醫巫閭山名遼海揚波波巇嵲王師已度岫巖營北扼海城駐甲兵胡地天寒不足道將軍下令決西征朝爲候騎進間道向虜陣暮抱黃粱眠堅冰在鬚鬢誰知從軍苦漫說綏邊功畫旗凍裂缸瓦雪雕戈寒拂腙甲風缸瓦塞名腙甲山名落日欲下戰場柳韃門且飲葡萄酒玁狁韎鞨更何論決眦北望遼陽口夜深過阡陌陰風草木腥爛屍委餓虎遠近鬼火青人生爲戍卒沙場不空沒臨楡關頭月欲低幾時飲馬長城窟願化塞上青青草年年縈纏單于骨

神州詩

神州秀靈氣發爲山河美黎民天所降忠良又何似有事荷劍戟無事執耒耜侯伯幾廢興皇權未嘗徙巍蕩同堯舜顚蹶異楊李清室近勃興諸夏從風靡朱明無餘燼昭穆絕禋祀至今四百州不見眞男子胡君任跳梁天命誰顧諟壬辰韓山事過失固在彼當時玉帛盟昭昭如白水去歲復動師況亂隣邦紀　吾皇赫斯怒虎符招猛士森嚴問罪文炳乎仰綸旨大纛駐廣陵六軍均拊髀維自肇國來人知勝與死寄語胡天子險隘不足恃三百年繁華幻虛如海市不日破滿洲進拔白河壘皇基固宏淵昭代無窮已

送人之澎湖島

別淚且銜鸜鵒杯南方多難亦堪哀瘴煙滿地戍樓出
潮道通天蠻舶來關外已飛司馬檄帳中復用伏波才
澎湖西望風濤惡要警邊防備變災

丁汝昌 禹廷

重圍島上壯軍聲一箭降書生命輕幕下健兒同日死
齊東又見古田橫

平壤歌

箕子廟邊月欲低朱雀門頭烏亂啼啼聲未絕金鼓起
胡兵逃兮大江西

坤寧殿行 爲朝鮮閔妃遭害作

雲峴宮邊狐夜啼坤寧殿外星河低畫欄桂樹怨秋月
銅壺漏殘閴柳隄蒼袍奚奴入南內珠簾散亂雕柱碎

玉面紅擢芙蓉花蜂腰血點蘭麝佩憶昨行幸光化門
倚寵眼無君王尊綺筵歌舞鞦韆動梯雲夜半月中奔
秋風玉匣憐團扇飛燕已去昭陽殿絃管凄涼漢山高
鐵馬馳突祥原縣烽煙騰上冒雲霄乾坤可獵河漢焦
嫦娥早向蓬山去人間空留鈿雀翅嗚呼往事安足道
永巷萋萋空秋草首陽誰復採蕨薇朝廷能招商山老
廟前雲門調八風衣冠肅雍朝彤宮白環銀甕遠應致
鐘鏞河圖明堂中詔曰爾臣和鼎鼐昔時夔豎今何在
呂家產祿無所施伊霍池館失光彩太子賢良日講經
永言孝思椒房靈長生殿裡風雨夜腸斷當年雨淋鈴

時事雜感五首

將軍細柳屯奉詔事戎軒慷慨去中國艱難鎮外藩文

章開幕府笳角壯轅門爾等徂王土非爲異域魂
炎風天子國辛苦暮南征櫟樟深山合龍蛇大澤横雲
連吳越樹霧壓漢夷城急致蕃王縛朝廷夙賜纓
射鵰遼海月飲馬淡江流轉戰三千里回看四百州令
嚴寒柝重夢冷夜刁幽壯士中宵起長天笑倚矛
塞北山河改臺南未洗兵殺人嗟已慘棄土一何輕戍
卒穹廬儆功臣甲第成幸逢賢宰相萬里愼横行
盜賊猶猖獗黄麻下紫霄旌旄齊就郡侯伯燦羅朝籌
策豈其拙干戈未敢驕但看乘世亂早已爵封饒

讀史四首

幕府文書百計窮干戈南國走羣雄趫跳豹虎靑雲日
偃蹇鯨鯢黑海風若爲戎馬平胡虜卻有鹽梅出漢宮

自是　君王臨四極諸公謹愼勿論功
東台鼓角劇縱橫弢箭行人各發營萬里飛烽侵夜月
千軍降虜出江城洗兵勢壓周王雨摩壘威淩漢塞旌
許國固應期馬革麒麟不用畫虛名
十萬王師奏凱還鑾輿東幸度函關天開洪海風煙際
地曠饒州草木間上國簞漿逢父老中原壘壁擁河山
甲兵全熄功臣死惆悵城邊淚滴斑
中興　聖主定神州四海蒼生捧壽甌德洽山陽頻集
鳳功成野外且放牛衣冠狄國歸朝貢社稷忠臣獻遠
猷短褐今逢王化日扁舟寧趁五湖遊本田種竹曰風骨遒上辭氣沈重洵近代不易獲之作蓋發源于老杜諸將及詠懷古跡等數篇全不務貌襲而得其神似者可以與查初白詠史八首同傳於不朽矣

大纛自西都還感賦五首

乾坤氛祲滿戎馬幾時終雨冷春申浦花零雲峴宮椒房環佩斷箕廟棘榛空回首十年事茫然向朔風

天驕修玉帛萬國尙連兵秦殿一聞哭楚階誰決盟星槎河上遠漢日漠邊明還拜痛哀詔吞聲血淚橫

猛士辭沙漠鑾輿又北歸春光殘雁塞日色麗龍旂未斂朔方貢空收南海璣不知玄菟月何以照戎衣

翠旌千萬騎紫氣九重門劍珮迷花霧衣冠映鶴軒孔明籌策拙安石典型存沙場新戰骨怕有未招魂

袞職朝廷盛時清拜冕旒何爲勞　聖主倏又失幽州魍魎牙山夜蛟龍壇浦秋　春宮猶問寢爾輩不空憂

桂湖村曰豹軒事攻杜詩三年而有餘故克歷藩翰而將入堂奧也五首大概規橅杜之至德二載甫自京金

光門間道歸鳳翔乾元初從左拾遺移華州掾與親故別因出此門有悲往事收京有感諸作沈痛抑鬱間見風諭之語深得少陵之旨感詠何止

明治二十九年丙申 十九歲

小田原覽古六首

極目蒼茫暮川原莽欲愁驚風飄鳥鼠落日下梧楸城郭依山斷江潮入海流豪華何處在天地一漁舟

樹色蒼山古濤聲撼海城廉頗茲用趙劉備固依荊日月扶金甲風雲捲旆旌鶴岡纔咫尺回首暮潮平

塞上暮雲苦城頭殘日哀寒鵰迷睥睨老樹失樓臺今古英雄盡江山圖畫開金湯祠廟在虛壁起風雷

關左孤城戍攝西卅萬兵轅門飛鳥落幕府大旗輕白

日山河裂寒花堡壘明唯今消晝戟壯士事春耕
桓桓三世業駕馭攬英雄祇賴中興力非關大國風戰
聲函谷雨覇氣石橋虹社稷付豚犬空山閟寢宮
千峰銜夕日餘照尙關河不識青山少唯看白骨多往
來諳地利成敗在人和悠悠江上者月明聽櫂歌桂湖村曰筆力遒健麗藻雲布造句之妙時類薩雁門而雁門鮮此蒼勁沈鬱之氣要之通體似乎規橅老杜格度豹軒逸才絕人巖畔孤松矯矯倚天王弇州所云屹爾樹立卓然不羣者蓋不是過焉已

小田原演武時在第一高等學校

碧海雲連樹色齊亂山營外月高低將軍驅馬韉門下
逐北直過古堠西

河中島懷古四首

碓嶺西開是信州空原無際大江流一時龍鬭震金鼓

千里黍離鳴雉鳩翁仲遺墟春樹綠將軍殘堞夕陽愁
吾來欲問當年事古渡月明空釣舟

河嶽糾紛形勢雄兩軍曾此角刀弓龍蛇盤地秋霜白
旌旆連天曉日紅邊境空招多壘辱中原未奏止戈功
沙場百戰何攸得不見驊騮向洛東

茅土參差漢室微葵心固欲護龍旂八州封徼軍前改
三越風雲馬上飛草木皆兵生殺氣水雲無迹托禪機
千年行客仗孤劍猶見山河映鐵衣

沙磧曾經劍戟同汀煙峽樹鼓鞞中江流長想軍聲壯
嶽色空餘霸氣雄遠浦寒潮嘶鐵馬斷山斜月掛琱弓
何人忍唱能州曲清淚哀笳飄晚風桂湖村曰謝綺巧擺纖縟一用豪健

邁往之氣出之嚴松瞻詠古諸篇多敘事中行議論河嶽茅土二首蓋襲其法碓嶺沙磧二首寫景中行敘事松

瞻以外開一生面嘆服又曰豹軒天才俊逸其詩警健但往往失之於聲韻間爲可惜耳若使少覃思精鍊則其所造詣豈易測哉

秋感二首

白露桂風夜氣清音書不到雁無情幾回照得人將老
一半愁心在月明

七年未慰倚閭情殘月疎桐旅夢驚卻恐秋風入鄉樹
使人憐我斷腸聲

丙申秋夜感懷寄習卿兄一百韻

秋風拂林樾涼露擢蕙蘭孤鴻度關塞遊子滯江干天地氣肅殺日月如跳丸遠望浮雲外悲歌熱肺肝君在越山北我在武州端武州今帝里禽獸昔盤桓平原靄白日陰風草木刓英雄起大澤兵馬迴狂瀾荆榛開霸

府父老見衣冠君臣修禮樂文章三百年羣侯賜邸第雕簷雜畫甎歌舞煙霞月樓臺車馬煙繁華倏爲祟沙場鮮血羶大軍西南起勢若蛟龍蟠　今皇鸞鳳質黼黻伊呂賢晉文自辭隧周宣果淵淵乃聽婁敬計東遷寶鼎安九重宮殿壯霞表楹桷丹庶民來城郭巷陌塵埃連誰重鄒魯道唯爭子母錢管鮑交情薄陶猗競羅紈擠人陷穽裡投石袖手看我輩固聞道何敢共笑歡茫茫八極外斯道我行單天涯誰知己擧首問旻天或思隱巖穴未屑追神仙思君育英樂笑見講堂鱣五經探堂奧諸史互論難有時風舞雩詠浴沂旋春山衡蛇蝮秋郊放寒鷴琴窗曉鐘冷書帷夜月圓莊周畏犧牛邵雍哭杜鵑乾坤存同氣雲雨阻重巒黃花空入夢

紫荊幾枝殘鶺鴒已分散橋梓悲黃泉天未弔我輩故
使發長嘆我性愚而懶最被父兄憐深背趨庭訓疎放
羨杏壇孤劍遊上國百事總汗漫登樓空王粲彈鋏又
馮諼偶然歸故國家人共團欒一喜我長大總忘鬢如
潘親恩誰得解嬉侍蓼藿筵綵衣未能著何以戲堂前
問我客中苦恕我平日愆與君共行樂深覺慈恩寬因
意侍慈嚴泛海至角田角田邑名寺泊至角田沿海數里以水石勝聞長風吹
艓海峭帆朝叩舷劍嶽嶔巇秀大海動日寒波濤嶄巖
屹積鐵紛雕鐫老木翳鳥道怪禽叫飛湍洞龕礱礐裂
樹倒藤葛纏雲蒸虬龍怒石崩劍戟攢鬬峽爭一瀑河
漢虛空懸猿狖墜嵌竇澗壑呀聯蟬魂驚生鷇霫檣烏
翥翩翩決眦去鳥外佐山大於拳黃雲連秣鞨落日接

三韓海內餘奇勝我輩獨專權當時親猶健恨筆不如椽至今一思此中腸似熬煎我復辭膝下霜晨解征鞍父曰勿誤道母曰且加餐君曰報家國我獨向日邊孤驛愁不寐野店夢相牽客樓漫散帙堪讀陟岵篇遙聞雙親健旅愁足少痊夜雨冷徐榻晴雪薄蘇氈一朝夢魂惡得書我心酸關山如飛度道路奔且顛上堂謁慈嚴薦藥意千般當時知有此我豈玩文翰慟哭泉石咽涕泣湧百川慘淡屬纊意青山空蓋棺日月慘無影松風徒珊珊蘋蘩何處採琴瑟爲誰彈唯今君與我生死何可拚慈萱漸將老侍歡宜擊鮮往者去不返居諸何若遄欲忘不能忘中夜每惘然天地共寥落憂苦或前緣木落秋霜白千里望眼穿嗚呼乾坤裡幾人姓名傳

顧慙罔極德低首涙潺湲不負子路米不著祖逖鞭屢被蛙黽笑空期鵾鵬摶幸無傳家祿萬卷書巑岏文章與道義操守當益堅生不能報父讎邪我分全泉下定一笑弘道輸微涓潑潑淵中魚飛飛天上鳶細以推物理終極信團團朔風飄鳴雁寒皐露方溥鵙梟叫老樹高樓獨倚欄北塞飛白雪陰鬱冬意闌北堂短檠下應夢孤客眠願勿夢墨水我在劍嶽巔人事多衰盛世事常變遷遼海纔寢戰臺南盜賊專廟算固難測孤客涙漣漣棄置無復道寄君一幅箋雲外鐘聲濕寒空月娟娟桂湖村曰近人詩集大都多近體少古體雖有作者不上數十韻也豹軒揺筆揮灑輒成此百韻洋洋纚纚粹鼓互鳴鐘鏞迭響其才之敏氣之遒足以壓倒羣賢雄視詩壇矣又曰昔人云長篇鋪敍有法起結齊整方爲合格又云近體雜古體不損其雅古體雜近體味索然盡豹軒折肱斯道者固應有所自得何須予表出

又曰夢魂惡一段悲惻傷懷眞堪隕涕辭發于情者動人如此

雜詩四首

征清諸將奏奇勳烽燧暫休遼海雲尙覺國家深患在
山林不放馬牛羣

朝廷似畏犬羊羣八道韓山半夕曛一自肅陵葬金盌
何人灑淚弔檀君

何人灑淚弔檀君遼海戰場空古墳聞說胡兒來牧馬
黑龍江上盡陰雲

玉殿彩霞魚鑰分六龍晴出上林雲　君王朝御青山
野親賜旌旗貔虎軍

丙申除夜

椒酒辛盤惜歲華天涯佳節益思家瓶梅欲插還惆悵

此是先人遺愛花

明治三十年丁酉　二十歲

丁酉新年偶作

一穗殘燈枕上青東方漸白淡明星今朝自有先人例
端坐雞鳴讀孝經

得習卿兄信　一月八日

衫上不乾舊淚痕文章經國志空存江城風雪破窗底
夜夜慈顏入夢魂

正月十一日　英照皇太后崩二月二日靈轜

發東京將葬于西京泉山

青山玉殿鎖嵐蕘萬里鶯花仙馭遙偏恐東風吹綠早

月輪陵上草蕭蕭

蟬四首 時在長岡日讀白詩

風吹楊柳樹日轉葡萄陰書倦箕踞坐鳴蟬不停吟一聲西軒竹二聲北堂林感彼微微物起我讀書心

高樹鳴蟬急孤窗斜日涼蟬鳴一何急景促心自忙西風飄梧葉暵矣楊柳黃少壯不努力蟋蟀入爾牀

窗前楊柳樹窗下讀書人爽昧對縹軸已至夕日淪朗朗聲不斷蟬聲共相親蟬罷羣動息余亦默養神

平生憎蟬噪今日愛蟬幽愛憎中自變苦樂外何求彼以效其職盡日鳴不休榮枯任天命霜隕豈悲秋

雨霽 九月十日當古中秋

雨霽秋天碧東山纔咫尺愛此山色清籬邊聊移展明

月出虛空照我山下宅餘暉散池臺露華綴瓊壁良友雖不同幽景心所適雲行我亦行目送冥飛翮徘徊嘉樹間脈脈終遙夕

口號

去年今夕客東京今歲今宵在故鄉同是青空一輪月今宵無限向人明

兜城（長岡城名）懷古十二首

西徼陰風動地來行空萬馬捲雲雷越山還有男兒在氣壓扶桑海一杯

漢兵苦戰大江西今日楚城入馬蹄料識君臣無限恨亂山花落子規啼（慶應四年五月十九日城陷）

猿橋河上陣雲開狠火滿天鐵壁摧城北城南盡乘障

紅暾復照舊樓臺七月二十四日越兵自猿橋河進二十六日曉復長岡城
北陸殘兵易骨炊分明城上樹降旗枉將昨日倒戈手
牛酒笑勞天子師
眼中何有薩南兵三十六藩已會盟君去霸圖長寂寞
至今風雨古碑鳴河合蒼龍
白馬金鞍曉出營軍前馳突萬人驚紅顏就縛從容死
不數唐家老杲卿山本帶刀
北流活活大江喧平野蒼蒼接劍門磧上髑髏急於礫
秋風吹起古關原關原與兜城相對
兜城西望暮煙分月黑空原鬼火紛破壘已消金鐵盡
陰陰殺氣結黃雲
澤國空江碧玉流巖花落日水悠悠白雲已變青山郭

喬木依然金殿秋

古戍城荒失羽旄風煙滿目盡蓬蒿空壕猶賸昔時色

出水荷花十丈高

四海江流已一家平原暖日帶桑麻行人指點寢園路

腸斷空山萬樹花悠久山

長河一髮破蒼穹列嶽崢嶸圍壽宮三百年來多少恨

江山如此闕英雄桂湖村曰雄驁之筆不入驁礫一路其天分沈重乃爾但其務欲就典雅字句爲過華麗辭或勝意雖然視之開口即帶倭習者何啻霄壤

賤婦辭

僕聞野老語爲感作賤婦辭

棄兒走者母牽衣叫者兒兒也有何罪兒也棄道逵禽

鳥懼覆鷇誰能即別離我有刺骨苦兒實不可隨借問

有何苦賤婦前致辭妾家總八口舅姑在庭帷賤妾年
方笄良人爲結褵桑耕曾不怠悠悠白日馳長女固娉
婷二男體貌奇閭鄉羨有子歡情誰得知禍福如糾纆
倏忽易喜悲欲語吞聲哭低首雙淚垂憶當甲午歲
君皇赫興師大男度遼海颯爽酣戰姿旅順衝鐵壁威
海折牙旗金印未入手寒月照枯屍青山瘞遺髮夢寐
信將疑臺賊又蠢起次選中男之中男觸瘴死相逢竟
無期長女又亡命頑童竹馬騎憂苦同逼迫天地悲風
吹瞻望松楸路啜泣無輟時生已無怙恃死當饒娛嬉
一死寧所厭雙老鬢爲絲良人罹大患藥餌誰扶持纖
手養五口家貧力難支人事已爲崇況遇天災滋去年
河水決沈稼盡枯萎平地上爲岡高岸下成池潢潦漂

構櫨泥濘沒堂基今年雨淫霖嶽崩壓簷楣舅姑良人
仆母兒免短籬殘褐纔蔽膝餬塗絕自茲欲泣淚既盡
摽心惄如飢生命偶然遂遇此百憂羈日月不臨照天
道固有虧往將葬魚腹此恨當告誰欲去還回顧哀哀
裂肝脾三年不能死偏唯爲恩私愍汝永煢獨魂魄遠
相追上報君恩渥下存堂構危努力爲男子去去自此
辭桂湖村曰杜子美新安石壕新婚無家諸篇述軍興之調發寫民情之怨哀此作原其遺意合言天災調悲意苦不爲明刺而諷戒之旨詳矣末段殊悽慄觸目傷懷如此乎詩之能移人也

詠懷四首

北登越山岑南望武州城曠野一何闊浮雲千里征疾
風飄白日玄陰曀其明離獸挺不返傷禽弦音驚斥鷃
蓬蒿下一思鴻鵠鳴如何戢逸翮巖穴老耦耕

男兒蓬桑志駕言遠出遊不逢悲歌士中道旋其轉登高望四海長河漫漫流洪濤怒日夕崇山鬱以脩悲風迴林谷陰雨莽不收焉得傾天漢霶霈洗九州

獨坐空堂上戚戚發歎嗟彈琴不爲調落月戀巖阿熱淚紛滿把蹶起視星河徘徊先塋側秋草一何多歸來坐待曙日出還如何

春風桃李豔綠條漏紅曦有螬食其實主人不曾窺萬物各營生白日無照私小人狎殊寵君子不利靡亦各從所志何必辨澠淄勿傚於陵子鄒賢嘗言之桂湖村曰隋簡之辭以淸剛之氣行之如不禁壹鬱者此原本阮籍顧作者意在學之然氣味卻近于北地萊陽擬古諸詠

杪秋登春日山六首

公昔猶年少登高瞰九州慨然收霸氣亢欲塞王猷弓

影月晨落劍華星夜流至今河嶽勢自爲向西周
朝過荒水渡暮上越王城堞海秋煙盡燒山落日明英
雄還古廟天地擁空營鬱勃兜鍪氣千巖雷雨驚
孤峰翠巘迴峰外曠原開雉堞今禾隴葫田舊射臺牛
羊秋日盡槖鹿夕陰來惆悵醉荒寢江山落酒杯
大國雄風滅秋光入畫圖人煙平草木野色老鼪鼯蕎
麥城濠合莓苔殿瓦蕪猶疑荒堞上亂霧戰旗趨
鐵壁雲煙起悲風掃壘門秋陽頹積氣獵火走高原狐
兎虛戎幕草花自畫旛不看橫槊士莽莽兩儀昏
亭亭春日疊四顧不看人孤鳥下暝野蒼煙沒遠津亂
山尋劍戟寒雨灑荊榛猿狖林叢叫登臨一愴神桂湖村曰
豹軒以俊逸雄健之才行盛唐響亮之格故宏麗蒼沈殆得此體之正路視之夫學元和而後雕章間出平宂

漫滬骨力大相徑庭者迥然不同杪秋登春日山六律可以觀其一端矣

送人之金澤

聞君將遠邁吾亦發離憂共臥短檠夜孤望明月秋金城輕敝褐荏土重華軥意氣莫相棄暫別不須愁桂湖村曰一氣貫串不見補綴之弊起二十字景事融合情以運之所以不易獲

自瓊浦回望芝山諸廟

武州城郭翠嵐霏景物蒼蒼事已違錦纜嘗聞滄海戲雕梁早見暮雲飛秋風石馬又今古白日銅人無是非乘輿出郊卻歸去三山殘樹正斜暉桂湖村曰雄鷙豪縱純是崆峒家法徂徠南郭學明專奉尚王李所以招膺廓之譏今豹軒學天錫則庶幾免此譏

雜詩九首

沐猴被冠帶木石着繡裳授之刑賞柄坐之金玉堂權

威何艴赫羣醜拜道傍門塡駟馬客庭連羔雁耶卑人過奴僕負氣侔侯王焚桂餐珠玉犬馬飽膏粱雕牆高百尺下有餓死氓知之不忍濟還遊歌舞場酒肉積如岳絃管湧紫房美人顏如玉紅袖輕翺翔睢盱驚綺豔日夕罄金觴千金買嗔笑萬金買啼妝黃金不足惜唯惜樂未央昔聞齊孟嘗賓客盛東方一感雍門琴血淚灑象牀若使此儔見徒以爲癡狂

惡木壓高嶠先承太陽光芳蓀隱澗澤每苦饒風霜芳蓀何有害惡木固無香所托然乃爾非關質臭芳所以名利輩讒諂互相狂

蒼蠅集腐臭飢烏爭爛肉萋斐成貝錦陰狡間心腹錦繡掩陷穽排人奪其轂何存鼇毫公睍然大私屋所以

吾黨士塊然守幽獨
小人日陸梁君子日沈默獨善雖誠宜何能益家國須
結覆天網掩奸投有北或磨斷犀劍斬佞畀鬼蜮勿裝
太潔姿起救天柱仄
孔丘說兼濟往往論行藏間發利己說時入老聃場世
有僞君子逃入山林鄉藉口世無道徒食費稻粱可以
比禽鳥我輩私自傷
君子居濁世聊抱濟時心夷齊不足取孟軻私所欽惜
彼餓死骨盍伏白刄陰一身忘生死何況戀朝簪稜稜
存圭角戰國可高吟
芝蘭雜荊棘野雞交鳳鸞驅雞還瘠鳳伐棘又傷蘭雞
棘宜遄去蘭鳳恐殺殘我有千斤斧凜凜毛髮寒踟躕

不能下思之擢肺肝
韓信受餐日市人拍手笑買臣負薪時妻女請再醮丈
夫有所期忽然脫樵釣逢時與不逢豈有他玄妙笑殺
乘高車凡眼徒炫耀
蓬蒿被大陸金鐵不可耘松柏放初蘖馬牛躪繽紛苛
無弘毅志焉棲枳棘羣將我一杯水救彼輿薪焚舉事
縱不成衷心固欣欣

桂湖村曰李晉寧唐詩觀瀾於其五古論云當自風騷漢魏始勿僅步趨唐人也此言爲千古正槧若遺漢魏而唯學唐則風趨斯下矣況於唐以後乎豹軒雜詩九篇其所志尚固亦在此初章猶未脫盛唐氣格餘章駸駸近乎古域惟夫英氣有餘渾涵不足圭角太露似可惜使少養從容廣大之氣象則何啻此云乎哉

再造乾坤歌

維昔女媧時天柱碎兮地維危渾沌澒洞不知有草木

何況有蛇龜戲弄黃土擲虛空水石撤捩生河山有物
蠢爾名曰人間爾來三萬八千歲紅塵幾回颺江海余
亦已生天地間日夜慟哭怨眞宰人間汚濁不可蠲嗟
余有何辠眞宰憐余淸白質使余修變化術一夜爲月
光飄搖度混茫金銀耀映盧家堂緹幌翠幄玳瑁牀西
施雲鬢垂蟬翼何郞玉面截鵝肪綾被錦紋雙蛺蝶繡
裙追隨兩鴛鴦阿閣三重連靑雲康莊斜走侯王宅金
門玉闕丹雘壯碧瓦鱗鱗淩紫陌直過綺扉隙淸輝萬
斛散林澤畫筵銀燭珠簾遮屠龍割麟斞瓊液余浮金
杯化綠蟻穿鑿肺腑探血脈丁公昔拂官長鬚暮夜黃
金散似石靑雲一攀意氣揚臧獲三千履珠舄豈知身
上紫金袍盡出機頭寒女帛鞭撻夫家催輸租杼軸蕩

然朘骸骨峩冠大帶白日間夜間往往酸魂魄魍魎魋
魑窺璇題空中大笑動畫壁顧念原憲家門前不見長
者車氣尙萬古臥蓬戶德尊一代常轗軻坐叩空瓢時
鳴鳴使余空照幽巖花世上風塵何曾到山中松柏宿
丹霞延余苦死留忽爲黃雀隨曉鴉黃雀何處飛飛到
老農圃秋色荒涼隴雲靑牛羊遠近細徑古肥果纍纍
垂朱殘脩竹千竿拂屋宇頭白衰翁臥病牀垂髫兒童
意何苦空原一犬吠頽陽欲往從之家無主暮作饘粥
供乃爺朝拾橡栗易酪脯富家頑童侮貧賤拍手高歌
唖竹塢余憐其孝心銜來遺穗懸其堵嗚呼何故小人
翺翔君子陸沈富者逸樂貧者哀吟不義鐘鼎有道山
林孝子乏糝姦人炊璨天若有情天應泣地若有心地

亦霪余不忍長見之試爲風伯長鞭颺雲霧霾乾坤深山大澤哭蛇蟒擺落巖石猿猱號變轉竄穴黿鼉吭大嶽忽吹坦如砥洪濤怒立三萬丈地軸動搖星躔紛六合之中失土壤余請眞宰再造乾坤水清山秀動植孳蕃百花爛漫黃鳥翩翻驅白鹿乘華軒虹蜺旗日月旛右秦毋左吳媛佩瓊蘭餐芳蓀排朱闥入天門琴瑟和笙磬喧鳳凰舞麒麟奔其人皆君子余亦復何言桂湖村曰近時詩風不纖曼則頹唐不爛熟則卑俚豹軒獨高拔流輩別具鑿裁昔人所謂張以太陰之弓射以枉矢腰鼓百面破盡蒼蠅蟋蟀之聲者其平生所作尤似天錫學子美之什至此篇則奇思坌涌怪辭肆雄破李賀盧同之膽剔馬異劉叉之髓與伯温二鬼在元季間矣

步出自北門行

烈烈嚴冬氣肅肅搖我耳回飈振木葉亂雹舞遠沚步

出自北門忼慨登故壘墳衍紛繚繞丘陵互秀峙蕭瑟墟落烟百里黃雲起鵐鴉鳴槁桑狐兎戲荊杞九族不可瞻唯見雲與水有殽可以食有酒可以使嘉會誰可俱哀哀獨遊子軒冕不足願賢愚同一死不若謝風塵萬年臥桑梓桂湖村曰茹痛含酸之極歸于夷曠超達字字力厚思沈有弘正大家之風

丁酉歲晚二首

樓船戕軻駕豐隆岱嶧河山指顧中豈識頻煩回紇馬蕩然將見冀幽空白山霜勁皂鵰急黃海風高胡馬雄爲語西隣諸將相失猷自古是和戎

西來殺氣壓山東羽檄紛紛驚塞鴻慷慨書生猶按劍縱橫猛將早乘驄廊廟自古誤邊策湖海至今饒內訌稍喜艨艟能水戰大旗落落射波紅桂湖村曰二律勁驁豪宕有關治亂

之作宜其言大而普也空同秋興雪苑暮春諸律正同其揆與宋犖所謂尋常宴集動引國事閨中禪房雜綴風塵者斷不可比類也

豹軒詩鈔卷一

豹軒詩鈔卷二

北越　鈴木虎雄　撰

明治三十一年戊戌 二十一歲

戊戌新年恭賦三章

苑外鶯啼靜碧穹禁城春色五雲中金莖露淨高擎日
玉扇花明暖惹風翡翠珊瑚通貢使菁茅橘柚走羣公
唯緣　皇上宸憂切萬戸垂楊鎖漢宮

金闕春回麗彩霞舊京一望尙堪嗟偏思碧澗侵幽壙
肯忍彤庭玩物華衞府六軍空秣馬侯門七貴漫脂車
微臣又有西陵淚半捲紅旗韠黑紗

講經當日問黃牛聞說　春宮狎海鷗古道寒花拂銅

輦晴天淑氣繞龍樓玲瓏嶽雪銜簾出縹渺煙波湧檻
流父老皆存獻芹意金甌無缺帝王州桂湖村曰戊戌開歲諸老先皆
難措詞豹軒一揮毫則篇篇切當時事確不可移易而辭氣渾健聲響鏗鏘初唐麗藻盛唐格力兼該有之步
趨尤近老杜一唱三歎諷誦不能絕口

聞朝鮮大院君李夏應薨四首

君臣相顧眼難開玉几淒涼血淚哀鹽鐵悉隨夷狄盡
弓刀誰使蒺藜摧洞陰雲惡龍空蟄塞北風驚虎欲來
慟哭滿朝振殿瓦搖搖落月下宮槐

毀譽笑付世間兒尤物爭將成敗規道辨華夷頗有氣
業淆王霸亦何奇獄門陰雨盤骸骼海島酸風捲甲旗
俠骨稜稜高萬古崢嶸一片戰和碑江華島之變大院君建碑京城曰主
戰非和主和賣國主和者皆股慄從命

胸裡風波怒不平巖扃日月奈澄清坤寧殿草飛鮮血

雲峴宮狐叫亂荆自古厲階緣外戚至今尸祿是名卿

何知窀穸非爲福靺鞨西望更愴情

鼎湖龍去墜天弓箕子山川落日中宋室夾攻非遠略

虞君貸道豈奇功本朝冠蓋人皆盡漢水風煙花自紅

倚劍浩歌因灑淚腸迴亂世哭英雄桂湖村曰大院君韓國人豪今也亡

矣四律寄感慨于敍事行議論於典故頗致愴惻意又曰蔆園李王學衰弱宋徑露之派汎瀾滿清纖曼之流漸漬風氣日變而倍趍下矣豹軒當楚人衆咻之餘作壯大聲格遒氣健有兎起鶻落之勢吁觀止矣

雅頌一篇凡十二章四月十二日

昊天蕩蕩四海沸亂王事靡䚶胡而若爛凡民之蹶弗

瑕有難

昊天蕩蕩四海流離虔秉鈇鉞燮伐東師執訊獲醜獻

于王帷鬷假既艾宗室孔恢
王曰於乎庶尹御事淑續　先顯王懋濟厥美茲暨
朕躬喪亂薦起喪亂既除九譯來會維　朕攸宅斯國
之奇能揆土中　朕將遷都乎東方止
瀍澗惟卜侯卜云吉陟函關矣望總與武降觀于毛陸
與奥羽大山巖巖河水鱗鱗墳衍膴膴麋鹿甡甡宜桑
宜麻宜栗宜榛
我馬既駕六轡在手驅車悠悠言極京口斯作王宮厥
成弗舊巨浸維池崇山維牖虔柏斷松鬱林爲缶楹藻
維何維山維海苑卉維何維葵維柳層城奕奕五門有
彩舊貫弗毀新模孔阜
迺頒大憲宗子爲　后六典恢張廟謨深勳懷徠遠人

愍此獨婦舟車攸通萬邦爲友

歲之敦牂西土作艱　王命方叔奭撻夷蠻大旆央央戎車閑閑發礮輷輷伐鼓闐闐爗爗殷殷如雷如霆貔貅百萬翽翽朔庭奄有臺澎邇貽典型載櫜弓矢舍騢遏駰越若三年萬國咸寧

洵民之綏惟　后之錫鑠矣宏猷弗顯天迪我懷厥雝世而靡及維斯良辰民之攸臧王鼎戾止王武揚思天之休也地之祥也

百卉萋萋春日孔陽朱蕚炎炎好鳥嚶嚶俶載皇堧牽幔築場丱角台背執筥執筐顛衣倒裳載起載僵

我后之故奚爲弗觴　我后弗豫何以救喪臨康衢矣跂言遠望四牡蹻蹻龍旌颺颺　我后格思鸞聲鏘鏘

上下酒祀馨香馥馥昭假于天各受多福此有美醇彼
有粱肉既醉既飽白日亦孔速
蔚彼景山松柏丸丸澹彼洪江春水泱泱洵　我后之
德之純亹亹翼翼丞丞皇皇天錫純嘏　萬壽無疆　桂湖村曰堂皇肅穆莊麗典雅其渾而噩似欲學于典謨其閎而古似欲學乎雅頌韓碑柳雅之後這種文字世乏作者又曰百卉以下寫庶民醉德之狀俾讀者坐於和氣春雍中清廟弦歌豈亦多過之哉

雜感二首

獨取膠州灣露取旅大我兵將退威海衞而英代入其壘矣又聞露兵入滿洲英艦守舟山羣島

朔方妖氣擁中原聞說魯齊又動搖玉帛唯言魚水約
干戈久蓄虎狼魂秦兵强暴偏侵晉遼馬狡陰不抗元

誰賴擬爲恢復計西望痛哭淚頻呑

遼山一割恨何消滿眼徒教胡馬驕勢去急流空覓劍握來西畝卻枯苗松花江上朝看日揚子津頭暮候潮南北風雲稍欲動紛紛淚落侍中貂桂湖村曰二律巧詠時事饒見筆力其氣沈鬱其思俊逸確非撏撦堆垛優孟衣冠之比也遺山夢陽後四憶堂時有此音耳其暮春雜詩云接連烽火傍孤城豺虎公然陌上行赤羽飛騰晨避澤黃巾旗幟夜椎牲已聞渤海新傳檄誰使潢池更弄兵莫待承平俱故事漢家躭閣請長纓賦明社末運者而今日不能莫此感迨觀豹軒詩故特錄出云

五月七日三首

五月七日清國悉納償金於我政府我兵將退威海予甚悲將士之意焉得不悵然賦之哉

威海何邊蘄大牙春風碧草颭楊花唯今廢壘巢無鵲

依舊空林幕有鴉鐵騎斷雲騰燕月殘兵落日哭胡沙
北人如問南人勢爲道楚煙三戸家

荒城急管夕陽危回首蒼茫何所之柳外青驄嘶劍戟
花間乳燕繞旌旗將軍置酒把杯舞卒伍踏歌彈鍔悲
重問劉公島邊壘亂雲莽棘沒崇基

嗷嘈鬭艦捲陰雲渤海天穹半夕曛北望髑髏迷苜蓿
春來風雨長榆枌畫欄泣拜還遼詔寒帳每諳棲越文
不莫中原恢復計朝廷弗用岳將軍桂湖村曰運之以俊逸才行之以沈勁氣每篇不雷同而饒有新意響亮鏘鏗鬱爲偉觀今少就句論唯今廢壘巢無鵲依舊空林幕有鴉不典而慨乎柳外青驄嘶劍戟花間乳燕繞旌旗不麗而整乎北望髑髏迷苜蓿春來風雨長榆枌不奇而不切乎至如鐵騎斷雲騰燕月殘兵落日哭胡沙則作者得力筆路洵足一唱三歎矣

先考祥祭書懷　凡二章　五月四日

⿰犭分⿰犭分黃鳥集于西岡其鳴哀哀思彼黃壤天兮父兮德音不忘

猴猴黃鳥集于榛棘瞻望墓門悠悠予惻父兮天兮蒼天罔極

雜詩六首

豺狼被四海

豺狼被四海虎豹蔽千山前吽者玄熊後號者獰犴地亦不可沒天亦不可攀捫心東西顧一夕頭爲斑吁嗟愁無極跼蹐天地間

怫鬱復怫鬱

怫鬱復怫鬱殷殷攪亂心心結不可解臨風薄長吟黯黯天地色嗷嗷霜翮音蕙蘭從風飛鸞鳳隱密林日夕

欲從之風波一何深

喬木百尺圍

喬木百尺圍翠蓋遮日暈根本夕朽蠹朝覩揭已僨輕
德重權詐政緒增淆紊南溟大鵬翺北溟海方運我脣
久已焦日日還自奮

蜉蝣以羽愛

蜉蝣以羽愛蛇蝎賴文淫威儀卒反反善人載佯瘖憂
患豈在明狂豎非所任踏冰待白日危亡安肯禁羣小
顧我笑默默淚霑襟

濫觴能載舟

濫觴能載舟輕翮又飛肉漸漬之可懼旦暮爲禍福媚
權金齊山逆勢血漂轂衆師亮無罪災媒是寵祿不罹

災維何不忘在溝壑

疾風吹大野

疾風吹大野妖氣亙長林霜雪殺豐草矢繳苦麗禽鹽梅誤和羹燮理訌徽音蟋蟀千象緯紫微竟陸沈鯨吼北海裔虎嘯南山岑拔劍擊大荒爲君靜氛祲斬水水更流拂天天更陰自古唯如此嘆息浩至今 桂湖村曰耿介高潔佗傺伊鬱馳騁豪逸之氣飛揚踏厲之才其音古雅其格沈雄精光氣燄爛爛麗天試按節歌之有遏雲裂石之響自非習熟漢魏六代何以有之

謁三峰山祠 八月

古廟千山上鬱蔥喬樹林天空平磴下地氣宿廊陰畫閣丹青落繡簾龍虎沈夜來清磬發宏殿一燈深 桂湖村曰豹軒詩動墮講學習氣此篇雅麗高華令弘正諸人不得擅美駸駸乎風雅之遺哉

峽中懷古二首

路入峽中雲日頽秋風下馬弔蒿萊不聞孝子能欺父
唯見英雄舊築臺廢壘霜寒黃草合空壕水落白蘋開
千年此地豪華盡遺鏃徒縻野老哀

百里封疆草樹殘城池金湯守何難晉陽何合繭絲備
趙簡子故事
吳地爭教豚犬干日照犀河玄甲壯血霾長篠
晝鞞寒猶餘父子雄風在菩薩嶺高雲氣盤

桂湖村曰氣魄沈雄體格華整不似木華之音如搖鞞鐸者是爲懷古上乘昔者岳東海二律事以議論行之今此篇寫景與敍事並行可謂不踏襲前人矣

慧林寺

紺園紫氣夕氤氳天德峰南秋日曛無復千乘求法雨
有時一磬響香雲山猴獻果華鬘動野鴿歸巢戶網分

二十四墳荒草遍行人何處弔將軍

侯嬴歌

周家寶鼎辭鎬京天下辯士談縱横魏王唯恐秦恫喝時危不救邯鄲城信陵尊賢因虛左就中傲骨是侯嬴談笑立決救趙策慷慨偏嫌帝秦名侯生門客字朱亥袖提鐵椎鴻毛輕繡帳已竊臥内符鄴下横奪晉鄙兵王齕將卒散如霧函關不聞秦人聲功成富貴隨所致丈夫何敢戀簪纓引義拔劍從容死回首大笑白日明秋雲一片高不落下瞰羣嶽何靡靡君不見魯曹沫又不見趙慶卿壯志大功非大異高蹤清芬何可期周秦人物幾千萬唯有魯連與范蠡侯嬴與之爲鼎足事業千秋涅不淄道人作歌頌其義斯心何有俗人知 桂湖村曰

毛西河論詩指摘時弊云如吳下清客門巷竹扉蕭蕭又如貨郎兒攤多盛盤骨董小有把弄又如勾欄子弟用膠清刷鬢蹋研光襪以自爲美好士氣盡矣此豈丈夫所爲者方今詩風亦稍似西河時其能忌庸俗惡纖弱以氣爲主如豹軒者有幾人乎

戊戌詠懷雜詩二十七首

歲暮日景短窮士在蓬蒿浩歌終此夕天地何蕭條玄雲翳積雪饑鳥赴衝飇素月出雲際照見赤狐跳顧影慰孤寂長嘯望山椒

佳期眇天末欲往大江陰回軫還我廬永夜獨彈琴悠悠流水響悲風激哀音迍邅何足嘆衷心抱微忱寧爲天邊擘不爲籠中禽

先人在世日我齡未弱冠文字徒記誦窮理尙汗漫自墮塵網裡人情見波瀾活用豈曰得靜修心攸歡古經

久愈邃縹緗繙欲刓
靈渾宰后土縱横盡開張普在乾坤裡剛直塞萬方有
堯不爲多有桀不爲亡欲字不可字隱密其所藏孔孟
曰仁義曰道始老莊
靈渾生天地天地生萬物萬物生羣生根原固穆沕秀
氣鍾爲人衆妙於是發雜然動植羣人必司其律森然
萬象行其宰歸太一太一者維何靈渾卽其實
人生天地際自稱爲冕冠苟不識靈渾何以足誇傳靈
渾依何識靈渾唯自知人謂我能思惟此靈渾思請見
惺惺處靈渾心爲基
人說心與物又說行與知誰能辨心物誰能分行知皆
是世俗見眞見固異之撤卻差別見又入差別知畢竟

鴻濛間只有靈渾知

汎汎地上水流勢東西達已養鯉魚瘠又令鱖魚肥人各有所信不必辯是非始唯異所入終能同所歸行行萬殊逕共仰山月暉

儒是正大學何以不解眞茫茫五千歲浩乎失涯津語子以其要修己及治人所本在庸情至誠感鬼神

孔孟且迂闊通儒果何人我生千歲下私慨王道淪棄絕魏晉後直往溯先秦世上徒好古講書倣醜顰我輩之好古其志在安民

仁義苟空談孔孟已欺余不容有此事我獨愛我書塯山濫觴水瀦匯爲瀆渠性中一點誠豈敢得曰虛衆人未擴充慾茅塞心途目我爲空談得瓦失瓊琚

丈夫尙立志無志何能爲或立一旦志惜哉不能持一
寒更十曝營營隨物移窮達不改節坐爲帝王師荀卿
大儒說聊以爲常規
平生談唐虞自謂安中州若果有用我幾人爲伊周書
生言自大寸心不可休潛匿蓬蒿窟意氣耿淸秋眇然
蔑羣小永欽魯孔丘
意常高孟軻持論卑揚雄法言雖若美實無眞儒風與
爲糊塗學孰若訓詁通訓詁猶有益糊塗害大公最上
行義理一一出天衷
吾敬朱文公直接洙泗風出入道佛際竟能歸大中說
誠到精微敎敬闢昏蒙登高必自卑一貫問學功紛紛
孟韓後始見道化隆

吾欽王文成卓立秋旻晴簡易尊德性致知心自瑩大
程已歿矣九淵得其情鄒叟求放旨微公誰能明紫陽
滌流弊姚江萬古清
宋明文獻盛濂洛出大賢愚說雖紛涌究理鉤其玄局
束拘泥士詆排爲老禪斥鴂議鴻鵠愚蒙誠可憐苟就
大體驗羣疑總渙然
腐儒生升平覥乎食大祿跼蹐章句間斑斑頭已禿頗
憂私情窮不顧吾道蹙淵博亶可寶徑行亦足玉耿耿
一片心誰能爲先覺
口能罵陋儒心豈無深憂我有不得已非與子有仇賴
于子耳强不爲我舌柔老木難被緡蓬心幸可修吾黨
鑄後生可以爲東周

二桃殺三士我輩爲惋惜謀變爲常經術數爲順適沸
亂不足訝救火用薪積急遽見君子揜然蓋其迹衆人
不可權古人我心獲
葛藟縈松柏共托高山岑葛長依松柏柏苦葛藟陰子
若與我好交情如瑟琴子若與我惡革面變其心松葛
各有性聽我葛藟吟
有士尚清潔自潔不潔世我無猛厲志焉除百代弊瑩
瑩涅不淄懷哉柳下惠狂風捲波瀾自投溷濁際雖過
鮑魚肆清芬駕秋蕙委退雜鄉愿是之謂人贅
在輅爲愚夫脫輅乃公侯貧富如糾纆榮辱不必愁人
情重上位易信肉食謀乘風聲愈大托葦巢堪憂所以
吾黨士或欲近冕旒所憂邪說塞所希我道流

隋珠暗中投下士按劍覷楚蘭江中生亂蕕互淩轢庸
言服庸行猶以爲危激頹風可概見世情待明哲我儔
一何少思之日怵惕
達士不慨世我固非達士無悶亦多憂誤爲識字子所
跂君子儒脫略小人比血沸熱肺肝時亦愛我美亭亭
山上松泠泠澗間水自有絲竹音何必金石技須識中
和趣道味澹如此
積雪蔽曠野考槃在柴荆故人隔千里浮雲去何行曀
曀日之夕嘐嘐家雞鳴蓬戶關已久我心如懸旌趨出
見子到非子風雪聲
落照收餘暉長空散星斗野楚生暮煙凍雲圓遠柳雁
鳴過荒城寒雪暗江口北地異江南與子相去久明月

流光彩照子孤斟酒桂湖村曰阮嗣宗詠懷八十二首多曠達語其儒者一篇末句云老氏用長嘆則未嘗論儒學源流也孔融王粲曹植陶潛諸家雜詩有愴怳者有自强者有達觀者有慷慨者而未嘗著窮理之語也豹軒爲詩精於辨體其二十七篇不襲古人不趨時尚高則六朝餘響低則濂洛遺意及其討尋洙泗闡明靈渾絕有根據無憑臆之言戛戛乎其獨造哉又曰吳次尾樓山堂集有述懷十四首亦一二言儒術者不如此詳且精也朱彝尊稱次尾羅九經二十一史於胸中蓋推挹之言耳次尾而羅豹軒爲不羅乎

詠懷雜詩十七首

百行有條理條理謂之道得道謂之德其尊軼玉寶在
天謂之道在人謂之性盡性以知天天道依人正人而
行天道其人卽神聖
曰天而曰人或以爲二物天人豈夫二萬物亦自一人
未知其天其說由是失人而卽爲天卽身卽成佛爲天

而觀物物皆與我壹知物與我壹宇宙能事畢
人見偏局時未嘗見全局見偏則千枝見全則一足一
足出千枝驚動俗人目聖人不驚動靜觀眞君籙身固
在千枝心自通一足宇宙卽我體我心統萬簇坐爲宇
宙神叡聖如明燭知之而行之可以贊化育
萬行悉爲我一髮不利人巧哉楊朱說頗失人情眞人
父爲己父愛之等我親甘哉墨翟說捨己唯爲隣亦恐
遠人情儒說獨精醇愛己推愛人爲我又爲人坦坦無
偏黨交施義與仁斯道明明彰高博配日辰雖入無間
際感應如鬼神
聖人利天下小人富己堂苟知公私別則辨聖凡鄉聖
人行仁義福利偏八荒仁義亦爲利其利無涯量小人

利其屋其利竟自亡私利非眞利公利卽休祥拘泥仁
義說偃蹇名利場共是世俗論蔽陷同面牆惜哉無識
者千年恨常長
我固不棄世世將棄我生被棄何用問誓期德業成俗
物雖曠曠竟當歸至誠聖人經世志憂心如懸旌孑孑
恬淡徒見之爲營營可笑蚊虻目焉能觀寰瀛逃欲而
厭世自以爲太淸卻爲一身計其心不瑩瑩我輩聊達
觀幾人可同行
我希君子儒正大依中庸修德成大業乾乾敬己容何
以比淸高天邊玉芙蓉異端不用攻自爲衆說宗先儒
訾老佛槪欲去其癰聖人已絕四二氏亦同蹤紫宮謁
眞宰傍侍白玉童天風吹鸞笙笑吸彩霞濃冥想洞玄

象李君焉恬慵紺園七寶樹金銀琉璃宮華池荷花滿
車輪散香風妙哉極樂國瞿氏固圓融等在大均裡同
室爭戈鋒我豈好爲辯不思闢異功時有不得已且爲
拂蒙茸
釋氏唯說空道家唯說無說之勸無欲立說甚縈紆人
唯慕空無乃爲空無奴乃爲空無奴借問何其愚有人
則有欲無欲則無軀有軀且絕欲其說何糢糊聖人固
寡欲忘己救江湖我說有所立不必名曰儒知之見空
無空無亦可娛汪洋大海水惡濁亦爭趨是以灣渚裡
羣族逍遙愉
耶蘇相教曰生人始有罪請神因救濟懇懇勸懺悔茍
況爲說曰人之性固惡性善固是僞仁義聖人作二子

聖賢亞慨然爲世奮立說頗相似可爲童蒙訓不謂闢
天玄足爲將一陣
學問要有事無事等空言聖人揭大綱亦能示其門孝
悌與仁義至誠是其源施之五倫際其道不細煩堯舜
親九族而後及夷蕃西伯型寡妻周邦永以存一心關
家國至理極天根事近旨頗邃人少識玄眞乃知聖人
說猶恐過太尊修身以治世亦是政治論人未與聖合
焉解眞聖人記誦先聖語徒充蛙鳴喧於事不有益拘
泥誤疵醇我能揮金槌試搴俗人牖爲君反覆唱君必
書之紳學問要有事無事等空言
俗人執常經固執不能遷俗人執權道任術失眞權經
爲俗人設權爲聖人懸迂儒卻執經俗人卻任權顚倒

經權用儒俗兩相偏孟軻誠執一孔丘重與權孔則懼
術數孟則防拘牽有立已躍爾經權皆其天
我讀希臘史文武互競榮我讀羅馬史貧富互抗衡我
讀英國史君民互相爭我讀獨逸史政教互相傾我讀
佛國史驕奢損國精我讀露國史權威縛庶氓紛紛歐
西國國基久不成徒追智巧末沾沾功利營利外無一
物我外皆敵兵王亦唯爲朕相亦不爲卿子亦不爲父
弟亦不爲兄貧富亦爲己心中無至誠是以立國本搖
搖浮雲輕寄語擬歐者拾實勿拾名
天固生我輩必用救生民先聖已覺我我亦覺後人士
以先覺任努力當及晨猛然立大者唯宜志大仁秋毫
等泰岳大地同微塵盜跖可以用堯舜不足珍塵垢鑄

聖賢其德卽是神
漢宋朋黨禍世人皆所知我輩生季世眼見小人滋小人爲朋黨君子日陵夷慷慨誓天日挺身除葳蕤乃結君子黨中原樹旌旗俗子恐成敗疑俱寧其時小人烏合集集合爲利私君子而有黨公義救餓飢英氣吞乾坤結交少年兒貞固比介石清芳似蘭芝團結數十人扶顚存廈危必欲建德業怵惕內自持
慷慨就死易從容就義難人長識文字當不厭辛酸一發大悲心棄生挽頹瀾結客少年場痛飲披肺肝此事期終世欲使百代看豈能徼名利泄泄戀朝冠布衣等將相爲相亦儉寒坐忘人爵貴宅心天爵安浮雲視窮達英雄卽神仙

我慕廣成子、舉手麾紫霞靈液洗腐腸金丹延歲華朝披青雲衣夕巾翠嵐車逍遙飛白鹿張宴王母家我顏如白玉微醺似桃花美女上瓊殿淸裳綺煙羅各吹鳳鳴簫縹緲天樂和七十二鴛鴦雙雙渡銀河擁我翡翠屛上垂絳帳紗俯瞰大地下洛陽鬬龍蛇爲仙亦何益遁逃歸舊窩玲瓏冰雪容羣穢亦奈何坐定天下計斷紛若鏌鋣天地盡震動功成不矜誇復追赤松子綽約戲素娥

人戀金馬門我戀崑崙山崑崙有仙子千霜鮮童顏我願得其術超出名利寰而後入塵界談笑化凶姦秦皇與漢武躬自忘惇鰥入海空求藥慕仙依貪慳此輩不足貴何況俗人婪功業不必樹唯戀鵷鷺班我已非其

類又異二王患忘世不棄世戀仙不淫仙措身有限際放心無涯邊處事貨利裡遊神猿鶴間子房去已久無人月中攀

桂湖村曰詠懷雜詩十七首淵源孔氏陶鑄羣言以涵泳其性情而發揮其才氣鏗訇融冶自成一家言其闡天地人情之微序古今興廢之理剴切簡明鑿鑿乎如藥石之可以伐病洵非彼剪錦擷綵描頭畫角所可同日語也

三條驛書懷 十二月

野店風雪中我今從此去君憐去時顏我顧來時路依依墟里煙荒荒前村樹饑雁叫風颸孤雛往何處堂有白頭親淚墮成薄霧

明治三十二年己亥 二十二歲

東臺春興

洛陽二三月春色照皇州紅飛黃金閣綠迷白玉樓鮮
日麗綺城士女驅華軿鳳翔雲母蓋雉騫金翠裘提筐
上東皋簾幙被園丘龍吟起紫簫鶯歌囀玉喉飛花撲
殘缸歡聲驚墨幽及時可行樂白日倏西流桂湖村曰粲如球貝爛如簇錦無字不妍無句不續齊梁之穠麗陳隋之天豔一入奚囊即成新裁可謂彩筆之致矣

墨水觀水嬉

江頭春水碧楊柳正依游鼓樂起蘭渚簫管湧中流紅
顏人如玉永晝競漕舟奔流揚素波桂槳激皓漚碎日
紅錦散眩暈翥白鷗舟人慘不語唉氣象喘牛砲響傳
輸贏勝者齊擧矛岸上凱歌起意氣輕王侯胸佩雕金
章擧杯弄綴旒壯士起拜舞踊躍下畫樓桂湖村曰此就所觀隨意立題而不入俚調能得雅麗舟人慘不語以下盡態窮狀摹擬入骨

看花醉歌

有花不見有酒不飲世間怪事寧有斯人生唯當行樂盡日暖春風拂綺城桃櫻燁燁楊柳青雕鞍郊埒緩驅馬繡衣簾櫳徐彈箏人生紅顏須快意飽飲美酒聽鳥鳴白首嘆息又何益日沒復當繼燈檠有花不見有酒不飲世間怪事寧有斯人生唯當行樂盡金堤襹褷人如花玉臺爛漫花似錦今年今春不重來此時不醉買人憫白日被酒歌且呼舉杯向天啞然⿰黑辰花飛蕚舞拂霓縞驚紅駭綠戲孃嬸有花不見有酒不飲世間怪事寧有斯人生唯當行樂盡日暮人去花入衣杯中有酒何擬歸飲酒嚼花起舞劍彩霞粉煙開霏霏花飛八萬四千瓣高顫青髻紅芳圍酒盡人死天颷起頭上盤盤

皓月飛　桂湖村曰合之爲一篇分之爲三詩一解妙于一解洵千古奇觀哉其幻思迅擧逸氣橫溢之處天低地昂山奔海立令人驚魄動魂不能逼視

至相州鎌倉途上作　四月二日

四月天氣暖處處皆花柳嫩綠涓流傍軟紅廣阪首生色齊薰蕕欣意徧飛走野平入雲水村靜散雞狗東風吹好音心馳湘南友行當尋幽境同斟樽中酒

金澤九覽亭眺望

振衣九覽亭七澤在孤亭帆影琵琶島笛聲鷗鷺汀鹵煙侵樹白海水入雲青未盡登臨興天低風雨冥

己亥季春送人將遊清國七首

魯鄒禮樂在神州好事焉須問廢邱憐爾露餐風宿志贊吾存絕繼亡謀河山萬里堪垂涕功業百年此遠陬

我亦平生塡海意追蹤何日大荒投
周家玁狁已驕日晉室衣冠未渡中空嘆黃禕臨鼎鼐
嘗無大澤起英雄王君定有秦庭說王君王猛季子將觀魯
國風百二重關看不盡興亡歷歷入雙瞳
大江南北日蕭條虎鬱龍蟠王氣消兩漢壯夫歌出塞
六朝佳士解偸嬌金陵偏恃雕龍巧西域何當天馬超
客子號呼鍾阜下空城水激返寒潮
朱櫻散盡綠煙濛聞爾明朝去日東野寺連床共聽雨
春城一笛忽離鴻彩雲曉落荆吳岫古月夜翻江漢風
別後寒亭若相憶每依眞氣望彤宮
桂檝南辭江漢流西風一劍入幽州川原莽莽黃河暮
熢燧陰陰紫塞秋亂世英雄思縛狄中朝元老望安劉

行行定上燕京壘喬木景山落照愁
金繒社稷惜輕齎落日長風易慘淒寢廟松楸悲向北
邊疆鹽鐵競輸西黃雲已壓李陵冢胡月半臨馬援谿
試自蘆溝橋上望清家玉殿闕霞棲

黑貂吹斷路漫漫獨立蒼茫漢水干已自幽并瞻九土
更從遼海度三韓朝行廢壘花侵劍夕泛空江月照冠
回首惟多戰場地青山亂骨至今寒桂湖村曰字字豪邁句句挺勁有拔劍斫地之概高之開天嗣響低之亦不下弘正自非遺山空同合爲一手惡得有之披讀三過兩目不給賞十指不足圈也

遺興

兩京風骨六朝材雅頌性情騷賦才這裡自存忠厚旨
詩成一誦鬼神哀

三條驛二首

己亥初秋末驅車至三條鬱鬱前山出依依喬木消征人新涕淚家人知寂寥潛哭呼祖母遊魂不可招

秋田茫漠漠喬樹遠霏微荒館且停襪長風吹征衣檻前驚鳥集天外亂雲飛急雨如吾淚蒼山似母帷

觀理雜詩七首

我見西人說多似物理論雖說精神靈猶以物比計又怪偏窮理問學爲小藝其法不必非或爲堅白困物學日日新心學自生弊希羅上古說盡爲基督溷近代獨國論頗與釋說蔓吹毛求其疵過誤恐盈萬翻推哲人意創說在濟世研覃擢心肝鴻恩堪隕涕蹔吾過弱冠於道缺獻替

談古則爲高談今則蹙顰說東則爲野說西則爲文才
子與俗儒耐可棄海濱俗儒生三代將失所敷陳才子
住西土當無所容身迂哉鵂突子見外未見眞自反省
其內自有不昧靈渙發爲條理光彩踰琳珉人各抱渾
璞所貴在玉振有之未識之安在其爲人斯道自無始
其大塞九垠其小入無際其眞等在民識之又踐之則
爲紫皇君蕞爾方寸外豈有玉京闉省內與馳外毫髮
聖凡分東土未爲舊西土未爲新道若有新舊其道必
不純精察西土客似多鄉愿倫往古不必隆來今不必
淪時或有淪隆人豈盡不醇我自合眞聖餘事何用詢
綽綽天地間悠悠任屈伸今古西東別一掃若浮塵羊
角搏風翮逍遙截浪鱗識天而踐天逌爾望蒼旻

我先認萬殊而後知一同苟自我知論認殊先知同苟
自物生論萬殊後一同一同則生萬萬在一同中見萬
而忘一其智甚朦朧知一必知萬內外無不通
東方有啓明西方有長庚北方有斗柄南方有壽星日
出月已沒月沒日又生億萬圓光列循環周天行焉知
造化手非弄此星辰團團打綵毬熙熙戲八紘蕞爾一
坤球其形似黃橙土石爲骨肉山嶽以爲皴江海以爲
血動植以爲精亦是盡糟粕人獨爲神靈斯人固靈妙
眞君所化成眞君初昏昧到人其智瑩終能識自己又
認萬物情乃知心與物眞君所自營我未知眞君宇宙
在我外我已知眞君宇宙在我內頗知宇宙小豁覺我
靈大縱橫盡擴延自在無朕厠須臾通天根倏忽造化

會一自知斯君萬物似幻繪
萬物非幻繪種種皆其眞荆棘我兄弟虎豹我兒孫至
理要靜觀難與躁者言忘機開心眼當悟物有神
淵默觀天地欣欣心自喜白雲出東壑碧水下西沚水
自無盡時雲亦流不止雲水生若斯物物未嘗死
生時固已死死時豈不生苟齊死生說而後爲達人聖
人論大易玄旨通幽明神怪雖不語公理萬古平

登神劍峰（卽彌彥山是）八首（己亥八月二兄同登）

乾坤精粹久淵渟大嶽崚嶒此發硎旦暮陽崖懸日月
春秋陰壑釀雷霆高天自上金銀氣廣澤長吹蘭桂馨
夜半神飈驅鸑鷟煌煌降格萬山靈
神劍峰高淩日星紫嵐空翠壓郊坰四時雲下如膏雨

百里風吹送黛青丹洞無由挹瓊液蒼崖千古閟金扃
我將竹杖踏巖石欲逐麐霞入杳冥
天邊遙指玉芙蓉靈祠何處白雲封俯看征鳥低遙野
行已遊鞋到半峰煙色迷濛騰虎豹日暉翕赩現蛟龍
餐風炊露脩林杪疑得仙家冰雪容
行徑紆餘嶂壁堆飛湍急峽勢將隤非時磵霤韻笙瑟
不斷谿篁過電雷一出蘿陰千樹合忽回巖角萬峰開
箕踞長嘯喬松下粲爛彩霞天外來
銀河傾注澹秋光嵐氣淢淢霑我裳傍岫風生玄霧破
回叢日射紫煙藏磵陰敷玉猶堆雪潭上跳珠豈隕霜
巖曲蕭條虛籟寂瀑門疑見暮雲蒼
孤丘峰頂鬱嶔巇肅肅廟門高不危下界雲煙扶禁籞

中天日月護崇基鎧湖秋色横明鏡蘇嶽寒光映素墀
齋戒斂襟趨帝宅滿山風雨捲靈旗

高丘獨立破鴻濛歷歷江山指顧中階下信川縈若練
檻前鰈海淨於銅遙峰雲裂爭翻碧近水日擢倒湧紅
極目已知塵界隔呼煙更欲叩天宮

越國山川此鬱隆古今誰數是英雄關河不改謀圖盡
兵馬已消形勝同幾處史乘談景虎十年野老説蒼龍
如斯天府如斯險焉得無人贊化工

河中島覽古六首

天降豪傑宥蒸民蹴踏東關十國春鐵馬欲銜宮苑草
牙旗空拂筑江蘋野人堠下燒芻狗牧豎墦間哭石麟
一自峽兵拋甲去魚龍寂寞至今淪

逐鹿中原氣不降兩家交綏獨斯邦天凝寒翠劖層巘
地曳秋藍匯大江玄甲法僧迴組練素騣猛將樹旛幢
英雄未遂宗周志遺恨功歸一犬尨
霜臺浩氣薄蒼穹義比機山更復隆不賴舅姑欺乃父
卻將鹽鹵助頑童平沙萬馬秋藏霧畫角三聲曉捲風
須識廢興天意在莫因形迹說英雄
長鎗大馬壓江隈突騎崢嶸鳥懾回金鼓聲振龍虎甃
纛旛影滅草花堆秋高獵火寒還上日落邊雲慘不開
此地十年輸輓竭曠原滿目盡蒿萊
日鋪平陸斂清暉霞散澄江結畫翬昔見莎原屯繡戟
今看麥隴出朱韋空營寒霧飄輕素殘堡幽花吐夕緋
百二河山光景在八千子弟壯圖違

川原韃鞫大濤鳴滿面黄沙弦月驚殺氣銷沈千岫出
雄風斷絕一江平馳驅成廢帳何在楊柳渡虛舟自橫
夕亂水流行飲馬暮雲空磧幾傷情

桂湖村曰梟筆淩雲硬語盤空大都以豪健蒼老爲指歸音吐殺直往往如搖鞞鐸任少游評空同云女媧鍊石補天奔走百靈雷電日月星辰悉躔爐冶豹軒近之餘子紛紛眞蟲吟草間耳

擬子夜歌二十四首

種豆南山下莠長豆易喪植人庠序中三年爲侯相
洛下學刀圭遊子十年歸疇昔不愛日還家鬢成絲
朝講羅馬法暮習英佛獨申韓雜蘇張堪折十年獄
鼻頭金緣鏡領下帕素絺傾盡洛女目新添八字髭
佳壻今大臣宰相舊皂隸生子當若斯庭有蘭玉砌
黄雀未爲翼啄麻牝雀悲口銜眞韮葉成童中學兒

十年與君交自今與君分我上玉京霞君戲高唐雲
破屋春草生宏殿紅花縈蓬窗攲枕聽天明打毬聲
腰間七寶劍白馬黃金勒昔嘗戰遼東金鶏映春旭
銑鐵艦茹鐵春粟馬啖粟借問馬與艦誰最胃量足
癡蛙張其腹狸視甚嘆服腹肚愈益張腹裂餘枯肉
岳飛八千人河南一席卷兵是不在多猛虎驅羣犬
昨日稅禾黍今日稅杼機免得吏催責籬下白薔薇
江南采紅蓮江北折梅花與附權人勢寧種東門瓜
分手青松路松露濕我衣不道淚痕點只道松露飛
問君無一語紅淚灑妾佩參差西郊雨寂寞濡茅茱
采桑南陌頭窈窕世所稀不憂妾容瘦只願蠶兒肥
去年爲君婦爲婦一歲餘貞孝動母子容色照里閭

有女曰羅敷羅敷天下稀與人至隴上白日見雉飛
春水澹不流激浪忽噴雪庭帷生風波總賴乃婦舌
雙角愛父母生長愛少婦天地不相知只知少婦乳
雙角愛父母生長愛夫壻天地不相知只知夫壻睇
雙角愛父母生長愛我子我子曳綺羅我親斷鱠鯉
天有北斗柄衆星森拱列家有一仁人九族共團結

雜詩四首

東嶺未生月西岫纔起雲虛白藤蘿下幽蘭吐孤芬
我行久不歸素衣化緇衣不關京洛塵只賴淚點飛
秋風鳴木葉日暮夢西洲忽至門前路明月滿江頭
松陰敲石火巖頭蝙蝠飛天風鳴蓬戶明月送我歸

皎皎明月輝行

皎皎明月輝照我空房帷天寒肅風氣征鴻夕鳴悲綠葉損膏膩繁英斂華滋節物驚易變孤愁生遠思商飈發林間秋聲在荆扉徜徉出我門仰瞻衆星垂平野一以望蒼煙正紛霏候蟲藏鳴響白露霑葳蕤嗟此孟冬節遊子獨未歸豈不思歸矣竊抱百歲期丈夫生天地挺身當有爲沈潛耽典籍德業要有基耿耿無忝志繼承純在斯矢當遵前聖扶起五典危自結髮以來誓欲答丹墀艱苦豈不忍顧羞恩情私華髮隔閭里敬養久已違誰能潔夕膳日夕侍慈闈延領望朔方浮雲互參差依月寄我懷欲照舊茅茨依風托我語欲近北堂陲情集胸臆逼熱淚紛交頤素月臨我面無由遠追隨安得晨風翼逸翮千里飛

梧桐生朝陽行　凡十五解

越之粟縣有少女孝而美出爲屬邑某家之婢有私行遭主家譴赴水而死予嘉其有知恥之志又悲其不學禮而殉情竟至喪節然其孝其誠有多于今之所謂士大夫者爲翻作梧桐生朝陽行

梧桐生朝陽上棲雙鳳凰顧眄遺光彩噰噰共翺翔曜靈出暘谷翕艴啓陰藏綺霞照衡門丹氣臨西廂廂下有少女新醒方降堂楚楚修芳姿步步生輝光芙蓉出秋水天成不借妝冽風吹綠髮素足履繁霜出門向郊野提籠上東岡

東岡何巍巍行行迴林杪風色萋以黃天寒木葉少星

宿互出沒皓煙正繚繞陰坡拾赭果陽陸摘紅蓼亂叢
驚怯兎懸匡隨危鳥采采弗盈籠搖搖衷心擾西望閭
里門杉篁鬱杳眇慈親應未興歸當薦香稻窮阨不足
意雙天漸將老晨餐靡重味未能獻清醥情厚筋力微
何處奉暖飽賤軀輕鴻毛奉養自茲肇蘭心既卓立烈
風不得撓行行歸到門雞鳴報清曉
清曉始歸室鳥雀滿林園鳥雀猶有養兒豈不報恩解
我腰下纓脫我身上袢短窄敝袍薄寒飢誰復論行將
爲妾婢虔辭北堂萱慈顏已既老淚下弗能言
默默出南郭進入江頭里江頭楊柳多日暮悲風起主
門乃我家夙夜勞薪水夕歸治績絲朝出執耒耜宛轉
歲云徂哀哉空房子良時久爲別故鄉定何似

鄉中何惻惻惻惻夢思勞兒也去何邁三歲不相遭春
葩耀陽林思兒援綠條商飈卷高樹思兒嘆黃蒿調急
弦易絕情長恨難消倚門望兒來怳惚見垂髫
垂髫猶在家不思今日怨西鄰有丈夫夙夕通款愿感
君松柏操愜妾兎絲願紆鬱迴九腸衷心執貞信愁懷
向誰伸喟然增憂悶
憂悶倖君苦我是牧家孫夸父逐天日徒應勞走奔愁
緒卷懷之區區誰復論往愬逢人怒寸愛猶尙存暮入
秣牛馬朝出灌田園怫鬱腸將斷佇立在茅軒悠悠望
郊野曖曖夕陽村木落寒天缺缺處見君門君門如此
近卻如隔重垣願言爲綺霧春曉君窗屯願言托紅葉
秋夕君庭翻野色斂人馬落日散雞豚入戶掩牀臥嗟

我又何言
無言亦關心鳥啼窗前樹紅旭昇朝霞彩光照鄙步敝
袖倚寒井井牀凝白露纖手卷黃綆銅瓶霜華素朝朝
挹靈漿因望君家路君家限重門哀哀向誰籲
哀哀向誰籲昨夜夢蘭期念之使人老荏苒容色衰主
家識其故指斥有讒辭婦人一喪節何復上堂基皎皎
雲間月灼灼園中葵枯榮隨霜露憔悴自有時托生乾
坤裡蒙垢焉存儀煙斂日色黑開奩臨鏡臺淡淡紅粉
妝首插白薔薇潸哭辭主家趨彼西江湄
西江深且長風吹江邊柳寒鳥收餘音狐兎傍裳走不
能見弟兄何復拜父母父母眞可思欲呼恥陋口唯願
倍加餐不孝自此朽翻身投峭厓水去又何有

水去流滔滔兒子何時還登高望四野遊雲暮歸山飛
走各求棲我亦傍沙灘蕭蕭白楊樹慘慘鳥音寒灘頭
泛哀尸魂斷不爲嘆
兒也惟何意使痛我老臆淚亦已不墮鼻酸聲亦塞登
岸付荼毗去葬西陵側有鳥其色黃哀哀集荊棘晨揚
和鳴聲昏交連理翼
悤悤圓景轉葉隕氣云秋素霜盈華髮明月照深愁展
轉不成寐思兒到西洲西洲何淒淒洲空風颼颼阿爺
呼兒走阿姥呼兒投不聞兒女聲唯聞寒濤流
寒濤若我淚明月似兒面餘暉漾亂彩入江弄華絢清
光澹如流之子不可見鶩鷺鳴洲渚煙生蒼山縣風色
助我悲莽莽沒遙甸焉知非兒擣颯颯飛秋練

昔汝辭家時思汝歸林丘奈何養親心顧爲鑽隙儔汝
過何足道主家靡良謀鬱彼南原樹遙接主家疇主家
若無讙汝何赴清溝見彼野雉雊鷕乎求其仇夫妻理
所愜控摟誠可羞於情未爲戾于禮闕愼修憐汝孝喪
節老淚汨難收日夜呑聲哭怨恨不可休桂湖村曰詩之大旨有二情與聲是也葩經尚矣漢魏晉宋暨唐名家一莫不兼而有之是以歷千百歲而益新後人言詩惟執一端攻之愈久而愈與之相離可歎哉豹軒此作追解緒事情切聲振紆餘涵泳諷諭自至饒得古樂府之遺近人輕薄動以應酬爲詩此輩讀之不泚顙者有幾

送稻葉君山岩吉之清國九首

己亥臘予將歸北越途見君山君山索予
詩乃賦

絕海魚龍捲素波乘春遠別欲如何清時社鼠竄朱瓦

亂國山魈藏女蘿將自申江浮七澤更從荊楚溯三巴
東風不爲舟行便乃拂金鞘斫白鼉
嘆息治安策竟空滿胡閫內說和戎秦關風雨起王猛
浙府山川泣陳同鹽鐵豈無商榷術俎尊應有折衝工
江湖子弟漫慷慨君更懷憂入峽中
憶昨山中抵掌談古寺秋風動佛龕坐上雲生寒石井
牕間月落老松庵孤浮大海帆光斷遠思晴湖雁影涵
別後方知夢君處征旆悠悠度夕嵐
攜手河梁涕淚紛吳山楚水路遙分綺城楊柳畫中見
古廟鷓鴣愁裡聞汀樹哀煙荊口月巖花寒日蜀門雲
行春似解故人意萬里依依獨送君
夕陽飲馬大江流極目荒荒四百州野渡人空平草木

春山日落散羊牛遼闊胥吏枉售劍采石書生不艤舟
客子鳴鑣攬興廢古今龍鬭渺生愁
日照汀洲起宿鳧春風兩岸入青蕪守令門外石爲虎
野老田間兎觸株燕趙故墟喬木大魯齊遺蹟斷雲孤
君看文物隆衰際渾在朝廷辨哲愚
揚舲萬里此西征揚子春寒綠漸生顧指吳山朝雨暗
回望蜀道暮煙平孤帆迷莽青楓樹一劍飄蕭白帝城
知爾有愁還負氣不教淸淚墮猿聲
蜀中南接貴雲山北限秦韓岩崿間篁樾翳天金玉麗
蠶桑覆地米魚閒英雄馳逐空今古攻守情形孰險難
行到錦江弔先主征衫定涴淚痕斑
時艱始思濟時才膽大略疎何拙哉諸葛任人擬韓子

郭隗獻策是燕臺九州瓜裂誰先唱天下三分暗已催
君若西行試君事計成功立復歸來桂湖村曰七十二句有瑰奇者有沈麗者有豪健者有典切者高輒近于唐賢低亦不下明人雖其間有稍失龐大者然絕無纖靡調渢渢乎雅正之音哉君山獲此佳贈足以壯行色

豹軒詩鈔卷二

豹軒詩鈔卷三

北越　鈴木虎雄　撰

明治三十三年庚子 二十三歲

庚子新年三首

御苑丹華照綠槐九天閶闔遲明開紅雲冉冉浮齋幌
碧霧垂垂接祀臺氣結龍文迎劍入翹移鶴影整冠來
羣侯虔拜　皇靈殿埒願堯天萬歲回

葉山別館望霏微嶽色煙光映曙暉徒羨耕漁隨鶴駕
更思　慈聖憶春闈謀臣盡爲周文出隱士還知商皓
非況値鸞儀期已近神州祥氣簇湘磯

重關高閣絳旗叉大道交衢綠竹斜金翠鞍驕朝士馬

寶珠簾閃美人車上林晴動千門柳朱邸春連萬井霞
聖代儒生疎世事漫從羅綺弄年華桂湖村曰體尚高華格表雄偉無語不雅重無篇不瑰瑋足以調樂府足以施宗廟

庚子正月八

庚子正月八長城發平旦風力絨服敵雪威皂帽扞買
券駕颷輪不發行路歎蜿蜒靈蚪走坦途莫款段積雪
蔽曠野澄江盤遙岸平林綴瑤葉宛丘鋪素幔神颷截
寒空天花摧璀璨稅駕三條驛嵐江湛碧紺蘆葦遵皐
渚綠波錦凫散賃僕擔行李徒步驚江鶴參差互後先
蕭條長堤畔俯見中江流仰見劍峰斷皓地平若鏡碧
天淨如灌玲瓏乾坤間劃然山稜判陰陽分晦明明處
銀光亂倒景射遠巘焜耀紫錦爛鬱鬱望坡陀喬木互

縈絆或逢弋者窺或接漁者按或聞機婦笑或嬌豐童
瞰或蒙老鴉嘲或分狡犬叛或悲雪穽陷或疾挾者彈
或嗤鷙兎顛或醜穢鼠竄寂寞村巷中幽事可撫玩喜
悲交相集兩頰熱淚瀚辭家過十年久乖西江灘江水
依依碧臨水有荒館乃是桑梓地驚喜誤欲喚寒徑入
閭門忽見竹裡爨上堂拜慈顏猶憐季子憨二兄相與
來引弟倚書幔契闊情事多欲語先悲惋育英志空存
父祖業未贊邦基雖在斯未見人物冠猶思伯也誠忠
恕恆一貫諄諄誨不倦當出貞固幹仲氏溫潤質美玉
藏巖磡巍巍香神祠春秋奉醴甑清淑虔典秩享靈祀
宮泮弟也稟庸劣鑛璞期鍊鍛遠遊輦轂下螢雪耐艱
難寸心輕毀譽耿耿對書案弟兄三有人丕福非攸慍

永侍老親膳且爲旦暮衎日入羣動息淸芽煮金鑪丹青弄骨牌雪屋有佳觀稚姪戲我側髻垂雙目盱壯者呼梟盧言笑方渙渙明星爛揚光膠膠鳴鷄鳴不義求富貴搏噬比豺豻雖使百人奴焉若我體胖淸素祖宗風知足乃恬憺以之守天爵嘗靡分外憾且隨淸池鱗不追青冥翰桂湖村曰長篇汪洋瀇泫屈曲離奇其用險韻也大抵原於六經故字愈僻而語愈典驅才運意仗氣振響此詩之不强學昌黎而似昌黎者也

西江霽雪出望劍峰

獨往西江滸寒日照淪藻此時天既雪乾坤盡枯槁連嶂空素屏曠野無碧草回看遠樹杪始見劍峰好玲瓏玉芙蓉峰下可以老

中江堤望劍峰

客子步積雪行行至郊坰澹澹中江水水寒霽色熒白
日擢玄雲寒光亂素螢淒涼蒲原郡自有劍峰青想我
從此去不得對錦屏故人在其下欲去且暫停安得拳
石大移去插客櫺

野望

孟春微雪霽出遊東郊野皚皚凝素盡微茫雞豚社野
老卜豐凶稚子追駒馬處處抽宿麥又見土田赭方知
東作近縱橫春水瀉

入京後寄懷二兄

思君臨長路長路直如弦此路幾百里遙入故鄉天疾
風捲回雪霏霏似素煙此時與君別相望情猶牽起望
鄉中山山空白雲連逢少別離多會面又何年桂湖村評　西江

霽雪以下四篇曰豹軒風骨高騫得之天分而情致委婉亦本自然今讀此等諸作字句清澈雅令其從陶柳門徑中來固不俟言如寄懷一篇尤見非至性人不能辨也

庚子詠懷雜詩十三首

在東三代治巍乎仰德澤在西希臘文煥乎存軌迹東則尚實踐事業載簡册西則窮精微物理費考覈後世漢土學近代歐西籍兩者失正鵠本末忘損益懷哉希人風身心共墾闢窮理通眞源萬象總辨釋德學眷其善服膺似悅懌美學尚諧調景情娛暢適入釁講問學遊林養血脈筋肉豐贅秀崛強整骨格文武兼資材國威震蠻貊以之比三代何敢見耗斁現時諸科學準的須簡擇何必隔東西又強分今昔苟足治心國其方可細繹井中窺天者不足論籌策博該尋治道審諦去奇

僻善惡與利義總自經邦索依之知恆變以奠王者宅

二

秦伯能嫁妾鄭人能鬻櫝奈何飾言徒得華失其質明
治而以還鬱然盛學術泰西窮理方研覈遵典秩宇宙
造化祕昭顯無所逸沸湯運機輪電雷燭易日開物輿
民利功業聖人亞所恨綱常法學者不自率顯官亦放
縱絜矩自此失大抵衆人情於上取繩墨儒與官相乖
何依懋淑德紛紛數千言名署大儒述篇章推綺麗滋
味甘似蜜顧問於內行孟浪非篤實闕如至誠心鄉愿
或德賊卓哉古聖人人天與默識智已總萬類盛德屹
傑特汲遑爲邦謀利義毫不惑盈人如不足節己似不
欲朕朕方寸間自有六合室樂天知其命諄諄盡己職

所營居衣食所經身家國緯綽行其志亦循昊天則此之謂哲人果享福元吉異彼辯口者禍福動顏色眞知同所見眞行同所出君看英雄士常說知行一

三

調一天下者是爲君子儒業歧註本末學分成散殊不能得歸趣多識亦癡愚孔門四科學分類頗樸疎西人萬有學繁節何區區析理與德行長短異其途苟不見雙面騎驢遂覓驢一身尙未立徒使死壯夫大綱果如何節目何者乎是之不審辨終生誤典謨何當爲眞儒疾言救盲孤

四

世人不知儒以儒爲遁世儒豈遁世者高踏或卒歲孔

子稱夷齊非贊首陽敝讓國中淸廉峻節何壯厲若唯貴棄國人而劣巖桂是既非常情孔亦靡此弊小國飛車蓋大邦返其袂可治厭何地最愼倫常際政治自此出患難又救濟荷蓧丈人倫楚狂接輿隸與儒相背馳行藏非一例經世術節多不及丘也計

五

墮地爲男兒必爲萬夫望華堂參政議生當爲輔相虎幄運籌策死當爲上將或積猗陶富坐築黃金障或當冒險難直破萬里浪人生有意氣材能異所向必當得標的而後快哉唱惜哉世間子酒色或放曠浮言賊天眞閒戲損儼狀忘卻天任大遂使心氣喪或迷一朝利或絆一時謗徘徊爲柔弱擧止闕跌宕入山伐木柯運

斤在良匠大小唯在柯斤莫細巨樣汝材同所稟成敗
賊與養若必揚大名死承家國葬

六

一錢不與貧千金買豔婦一錢不養窮千金購美酒爲
我千金輕爲人一錢阜苟知是庸情何遽論妍醜塊然
一片脯啀啀鬪羣狗蕞爾數尺畔喧喧爭二耦惟有利
欲媒自他劃然剖鬪爭自此起紛亂已既久聖人治國
方先使人富有節之以禮義百行重孝友風俗依此醇
人情依此厚制產以制心均頒田百畝未必盡均分貧
富互授受權衡得大體上下相開誘迂哉後世儒講道
費脣口雖談唐虞周不辨米升斗

七

收斂苟利國收斂可以勉嚴法苟塞姦嚴法亦良典二者若便己亘臣罪不淺見其宮室宏乃疑非民鬱見其衣服麗或訝非民喘眞正爲邦謀奉身必不腆未聞慈父母賊子以飾輦彼輩已驕貴傲然示尊顯由是窺肺肝僞佞迹不免已抱僞佞心嚴法私敵剪收斂私屋裕無施非不善所以今良民側目見玉冕屏息見金章蛇蝎視重繭見君若見親見臣若見犬幸有代議制以矯廟堂舛代議士亦邪公私率難辨自今參政人推薦待忠謇明智且正誠願以充民選

八

學問思辨行恭寬信敏敬孔氏所申令確乎似天命依情斷中正萬古皆傾聽當今學術盛鑿鑿論人性及格

其究竟豈敢過前聖人未知行徑故有穿鑿病苟得其把柄所向既一定說之爲教證施之爲德政明明大月鏡山千千山映

九

舉目見九州九州盡濁穢刑賞乖功罪政權等賃貸所趨一人利公益盡弛廢寶蓋擁大車彩綬帶玉佩陽爲巨臣官陰爲商賈輩政商不相分濁涙依何碎是以思恢復沈潛爲慷慨慷慨將何益臆計勞肝肺私思邦家基必也在教誨結網優羨魚欲穀先秉耒欲改造家國人材須培漑仁以愼德行智以闢蒙昧義以斷公私始謂全帝賚一人忠直進十人姦邪退多士遂濟濟終焉清海內斯人若不出營營徒狂悖於今定教基勿貽噬

臍悔

十

東山有孤鳳落落人未識朝陽照春華羽毛五彩色非甘露不飲非竹實不食貞操有所恃獨此桐上息不罹林間網亦避天邊弋已無癡鴟貪焉知獵兎逼清唳聞九皋翺翔碧雲側清高終天年逍遙堪自得

十一

西山有孤松亭亭與雲齊下自遠惡豬上不宿野雞嚴冬霜雪降根幹蟠幽蹊翠色何蒼蒼苦節何淒淒羣木既凋落孤影照寒谿枳棘憂轇轕蒺藜苦繁萋茯苓曾不生白露亦不滋雖然百鳥裡丹鶴此來棲

十二

泠泠澗邊水鑿鑿山上石溪風一何幽清氣滿寒澤岫雲流歸林中有仙子宅澄心虛籟閴靜坐蘭芬積婆娑松蘿影孤詠明月夕

十三

有姝何姍姍出遊城南端翠袖挾芬蕙皓腕擁金環不逢城中者惟覺知音難騁目青天外移步碧水干瀲灩涵素影儵魚驚起瀾桂湖村曰雜詠十三首學該東西識貫古今說大則充塞六合言小則分剖秋毫其論道也馮翼洞灟遂折衷孔氏純此儒家之見而辭藻之富贍也聲格之鏗奇也非習熟古詩則不能構篇也豹軒父祖二世以儒術聞家學有自宜哉其能有大著矣

野遊十首

道灌丘下二首

桔槔灌空圃歷亂野花開日午人歸盡飛飛一蝶來

遠林紅蕚色春霽照青蕪往往生微翳白雲過太虛

越谷逍遙江上二首

江水清逾碧有姝來浣紗篙人看欲語一棹入紅霞

春堤芳草綠柳色映江流童子垂綸坐蘆芽沒鴨頭

至圯橋望大林

桃光園野色碧水濯雲流獨坐圯橋上心如不繫舟

大林至大房堤上五首

煙中雞犬靜江上意如何不見桃花樹青青楊柳多

行盡江村路空原淡帶煙桃花林斷絕絕處柳梢圓

野塘春水滿天靜起微風夕浿菰蒲響漁人網落紅

前村煙火起歸客望平疇夕照遠明滅春泉自在流

澄江翳尙明野色入幽曠數點澹星光鳥還遙樹上

雜詩九首

陽春敷德澤萬物搖葳蕤藻林振朱榮芳草含碧滋靈
妃出幽室驅車綠水湄芳杜披宿莽清露濕裳帷攘袖
紉蕙茝攬之欲遺誰
青春雜樹發綺彩媚豔陽鶯鶯交頸語花葉爲低昂雕
桐彈一曲流聲繞杏梁丹華變綠葉素髮易紅妝一彈
長嘆息再彈恨更長
綿綿庭上葛冉冉延幽闥蘿葛生有時遊人還有期昔
別昔何道至今猶未歸想思結爲夢夢化雙鴛鴦摻手
泣相語倏忽阻他鄉浮雲暮孤征飛鳥往自還感物懷
悲痛憔悴老容顏
孟夏草木長鬱陶憶彼狂北地猶飛雪南園蓮已香螢

火流夕殿蠨蛸掛洞房抱斯貞固質十年掩空牀新知
雖云樂故人安可忘
自君之出矣無日不斷腸花開鳥鳴樂葉落我心傷果
蠃延屋宇町畽饒鹿場薰窒待君到聞君在朔方何獨
望漢月願飛化胡霜
日月東方出征夫何靡遑木葉既隕蘀何草得不黃思
君使人老蓬首爲誰妝其雨日還出悠悠怨彼蒼不知
者唾笑女心瘋憂痒斷弦當更續棄扇待夏陽君恩中
道絕女當依何鄉
芳蘭生幽谷瓊蕊隱春陽衷心抱苦節誰能識微芳望
君花月夜思君不能忘隆想亂心曲紆鬱迴愁腸棄妾
任君意背君妾應亡

洛陽城東路路有採桑女采采不滿筐嘆息勞心緒君子于役來三回華禾黍養蠶爲衣裳遠寄關山旅悠悠魚雁音轉戰定何許不知征者酸唯知居者苦與君爲新婚忽逢山河阻譬如管與弦又如鱗與羽會短相去遙猗嗟淚如雨

萍蓬飛大野會風落宛丘自與君相識倏忽踰九秋鄙懷何足道思君私自愁聊比金石固願偕住秦樓出門望野水野水東西流君若歸他室我如不繫舟桂湖村曰柔思冶態濃香豔骨令人羨其才藻之贍徐氏玉臺一書概皆綺麗之作多閨閣之語而尚不失性情之正與溫柔敦厚之旨合未可以浮華斥之也雜詩九首或其幾乎此者

雜詩二首

春思

灼灼瓊花色皎皎明月暉芳馨聞櫺檻美人思征騑靈驅雲轡望舒樹星旂昔往塗雨雪今已鶬鶊飛虛館無行迹芳塵凝綺扉蛛網掛朱綴燕泥落風幃庭草萋以綠園柳故依依風雨慵膏沐爲誰拂珠徽沈憂帶日睽愁怨減腰圍常恐霜露下肅氣滅芳菲願駕高飛翼與君同車歸

秋思

明月麗晝甍流光照羅牀佳人思所欽鬱結心內傷展轉不能寐中夜起彷徨俯視秋草白仰見孤雁翔天漢已西流霜露沾衣裳攝裳牽華幔攬淚歸空房人生倏如寄誰永保容光過時而不采黃落同隕桑葑菲甘下體葵藿傾太陽願言菅蒯姿猶補芝蘭芳所欽阻千里

欲往河無梁已矣河漢女終日不成章

青山

青山六章章四句

青山蒼蒼白水湯湯齊彼姝矣在天一方
日暮言駕稅乎南岡望彼周道山川渺茫
蟋蟀鳴野蕙蘭零霜仰看明月願言同光
西風偈兮緹幕惟颸琴瑟未鼓環佩其涼
呦呦鹿鳴猶求友音哀哀君子不嘆錦衾
山失其高水失其深室邇人遐忉忉勞心

有鶯

有鶯刺鶯也春之日僕遊郊野覩鶯與雉食葚者鶯人以爲雉詩云有兎爰爰雉離

于羅可悲也矣或曰刺女不貞也有鶉之
奔奔之遺意云凡三章章六句
有鸒有鸒翠羽鞸鞸瞻彼紫葚忝在桑野嗟乎鸒乎莫
食紫者
有鸒有鸒鞸鞸翠羽瞻彼紫葚拚乎其舞弗食桑葚惄
動其股
有鸒有鸒其羽五彩瞻彼紫葚惄乎其餧匍匐啄之彼
雉之罪
擬古樂府二十五首
君騎竹馬來妾迎挑絳紗日暮無歸去恐驚門前鴉
妾長如甕子與君學塗鴉誤將蘭麝墨污君冰縠紗
妾髮初被額君肩齊妾眉搖搖蘭心動自在春風吹

我年十四五君年已破瓜當時見君顏唯言若蕣華
庭上拾青梅挾彈擲清曉絕恨遭君叱始覺起宿鳥
夏池何漣漣童童涵翠蓋魚戲綠水間鳥飛青天外
霏微黃梅雨淒淒掩畫堂移步臨壓牖池蓮三寸長
君頰如蓮花吾袂若蓮葉採花挾吾袂採葉當君頰
吾眉踰蓮葉君髩出蓮花吾窺翠霧裡君顏映丹霞
花顏倚蓮葉不辨孰是人童子指眉笑芙蓉帶墨痕
玉釵落在水雲鬟升麗天微風起蘋末君言笑顏圓
翠葉流晚暉紅花吐殘緋蕩槳清唱裡玉人採蓮歸
初日照園葵弱柳當門垂二八樓上女嘆息停鳴機
春暮掩紅閨佳期竟不來唯待胡蝶至簾前牡丹開
前溪花流去花流不復還不知春色盡良人在邊關

玉牀開明鏡掩面淚痕垂欲障侍兒識狠藉損畫眉
望望不下牀颯颯空庭荒風散黃金錢雨偃秋海棠
朔風披鐵甲南國又隕霜不識夢中路無由到沙場
蟋蟀鳴東壁蜘蛛網北堂蛛網如妾腸蟀鳴似妾傷
雞羣有孤鶴玲瓏聲聞天雖非華亭客從之樂天年
昔我雙角時已知紅花色至今思高節景情不嘗仄
清歌浣紗女褰裳露素足豔色驚游魚妙聲遏飛鵠
君生茹藘阪我住阪下扉日月先臨阪餘暉上我衣
徒道相思切何以相見稀我家太易識楊柳白板扉
曠野雜花發爛漫揚紫紅杪秋肅霜下春色一時空 桂湖

村曰擬古樂府二十五首大抵古意新聲無戾于風人之遺旨其至妙者能漱六朝之豐潤咀三唐之英華其情溫以厚其辭麗以則非彼柔筋脆骨學步放顰輩所可同日語也

雜詩三首

粲粲樓上女札札弄機杼的的耀丹脣珊珊歌白紵潺
潺紅淚流綏綏金梭沮王孫遊不歸盛年空房處燈下
抱虛影鏡前每淒楚

芙蓉涵豔影綠水起微瀾不異洛女笑傾城在一看佳
麗良可羨盛聘堆綺紈天寒知操節日暮識淒酸女蘿
附松柏自古相得難竊思知音少中夜起長歎

見花思顏色見月思明眸披練疑素手聞簧疑玉喉誰
能植萱草聊以忘我憂引義割情愛此情死不休我悲
自中發彌縫焉得廋

五月正陽

五月正陽頌　東宮之婚也一篇五章一

章八句謂時令之宜也二章十句敘清門之舊以謂室家之和也三章十四句謂禮儀之完也四章十六句謂朝燕之衎也五章十四句謂下民之志也

五月正陽朱華蕊蕊蓁蓁榮木璨璨跗蘤倉庚喈喈載飛載止緡蠻其音熠燿其斐

齊子于歸朝我帝圃　照后之姨條侯之子　東宮之妃鎌公維祖乾德之緝坤儀之輔肅雝娣媵亦在庭宇

驅車悠悠采旌颺颺鳴鸞鏘鏘周道維彰格彼上苑虡誥　宗皇弗顯神極弗熙國祥朱紼戾止正殿將將百辟如雲劍佩有煌綷縩袘衶　丕子禮裳

鼓瑟吹笙會弁琰琬衎衎未終維日之晚零露溥溥宮

葉泫泫華鐙茲張瑤光允演厭厭夜飲不厭靡返清醑湛矣角觩蹇矣此有飽冠彼有醉冕豈弟君子靡弗令善

爨鹿長矣於彼莘野鳳皇鳴矣於彼梧朶亹亹威儀維后之雅逌我下民靡有弗悰母曰愉乎兒曰雍思澹者長川峩者峻峰介君眉壽萬年無窮

拜　皇太子曁妃兩殿下鹵簿于二重橋下恭賦竝紀事十二首（五月十日）

錦旆煌煌映日紅雍雍鸞匹出彤宮微臣直立禁垣下稽拜淚垂金輦風

聖人視禮明朝是宣使奉函從內坊舅族新頒尊爵位妃宮先賜寶冠章

青青萬木敞瑚宮鬱鬱千門引玉驄　天子親開金殿
坐皇朝大禮配　儲宮
春宮日暖紫煙濃彩仗整齊供奉容鸞輅輾開周道出
正南八朶玉芙蓉
肅肅嚴儀出繚垣天風突騎鐵槍旛庶民大道迎通駕
綠葉弓形五丈門
魚鳥亦疑拜綴旒玉簫金管韻松楸嵩呼起遠漸還近
太子羽儀沿御溝
紫殿彤庭淑氣通花花葉葉颭輕風櫻田門靜沙如玉
銅輦無聲御路中
禁池鱗羽樂洋洋迎得賢儔朝我　皇金殿風微旌旆
動青霄日麗鳳鸞翔

鳳凰城裡錦如雲夾道繡簷羅綺紛一樣紅燈三百萬
齊題奉祝篆形文

三千燈火夜如明陌上歌謳庠子行唱自青山連禁闕
滿城草木變歡聲

四海無波奉　聖君山林將息馬牛羣新頒禮典定
儲配開國以還曾未聞

草木還霑雨露仁神州一體美君臣南山不動長江靜
聖壽無疆萬萬春桂湖村曰作詩雅重壯麗難矣然習熟漢唐則未必難也敍述實境而能雅重壯麗眞難矣夫欲敍述實境則罔不卑淺欲雅重壯麗則罔不陳腐今此十二首敍述實境而能雅重壯麗意到筆從格高調整渢渢乎盛世之音也作詩如此被之朱絃以奏太廟何不可之有

登嶽雜詩五首

望嶽

天邊見蓮嶽不知何瑤華八朶衵霜露萬里照煙霞傳聞浣花女弄之在天河一片落人界幽意竟如何桂湖村曰古今詩人以五言八句詠富嶽者首推祇南海柴栗山梁星巖三家豹軒以變格出之一氣渾成縹緲空靈與三家騈觀毫無慙色可謂偉製

太郎坊步至八合宿

朝發太郎坊夕至八合窟空翠重羅衣天風吹短髮回看兩儀際孤杖近雲闕俯視唯鬱蒼焉能辨山澤微茫衆嶺外雲霧遞出沒唯見九點煙已靡片掌碧洶洶雲海波續續皺峰鬟大地如盤旋眴暈神臲卼平風截雲裾散日裂霞帛遙空紫彩亂陰嵌紅耀㔥麗色媚遐邇隨陽湧絳白瑝璚瓔珞斕靋霴霮靄㺚駭霆下磓磕飄雨上甃甓陰晴倏變轉瞭黯忽興歇日暮天候靜麓岫

顯林樾澄宇瑩清鮮銀漢可行筏巖宿窺象緯雲色玩闔闢終夜耿不寢高想云何竭（桂湖村曰行筆遒健鑄詞瑰麗善狀奇境森然動魄從非篤意眞古者不能綴隻字也）

曉登劍峰絶頂

高高芙蓉頂上有紫劍峰振衣登巖稜氣象一何雄碧落上無極白雲下蓬蓬初日低天外河山在虛空巔巔分麗彩飛霞片片紅或恐陶鈞子乘夢喪神聰誤使乾坤倒使予俯蒼穹神氣盪未定五色何玲瓏雲旗靡委委日車颺雍雍霞蓋閃焜燿玉鸞鳴瑽瑢紛紛雲之君橫吹交渢渢弭節舉招旌麾予到瑤宮瑤宮見紫帝傍侍白玉童谽谺冀闕庭七十二聖公各執蓮華杖翺翔金殿中蘭芝訟庭秀鸑鷟軍幕雝民淳靡僞曲時和順

雨風唯能啜沆瀣未知有兵戎借問何能然無爲化自隆總忘名與德一誠內光融事功可贊育神迹堪圓通廣廣宇無際永永宙無窮於此樂且湛聊得返鴻蒙

桂湖村曰雄厚博奧殆得力於楚騷而精鶩八極神遊三島飄逸之氣不可摸捉則青蓮天姥之嗣響也

自中峰轉見寶永山火口

窅然土囊口鼓側九萬尺巨刃割洪甕傾在英靈宅上接蓮嶽素下連衆峰碧洞乎闢谾巃焦壤赫緹赤沿崖磊硱礧劙壁鏽鐵積突兀相拄撐碨砢互阻阸左扇攻右扇險勢欲爭摑高棟壓低棟鬬姿皆窘迫東門無數柱喬喬衝日月天半躍雄劍雲中擲馬脊甕頭若堂巖怪詭騰嵂崒斧鑿亂嬰積虎獅紛跳躑巖柱屹對峙崇卑遼相隔跬步臨此孔玄雲闔復坼長風漏天罅颾颾

吹嶄崛巖崖咸動搖變響訇騞砉泧泧雲氣釀翏翏山聲撼惴惴心悸慄倚壁索放魄桂湖村曰蒼健險幻耀采陸離直是晨曦破雲爛光射入者趙居貞雲門山投龍詩王建溫門山于鵠淩霄洞孟郊石淙王紳嶺嶠諸詠並無此竦俏宏奇殆將欲合韓公南山陸渾山火二長而有之也漁洋蜀道一集視之遂蔑如

伊豆山中空望半月湖

白雲在我左白雲在我右白雲在我前白雲在我後油油白雲中乃在伊山口雲流嶺頭出列青如屏孱晶晶半月湖片鏡開數畝斜汎白雲間亦當衆山首涵象湛若虛倒景映雲走登嶽會佳晴淸旦攀高阜指點名羣峰此來斂予手桂湖村曰起勢用杜甫石龕作法不襲其貌而得其神油油白雲一句收束有法子美所無涵象湛若虛倒景映雲走形容得妙眞疑胸中有雕鏤萬化之才也

燕京篇

燕京六月被圍急萬國使臣報絶粒羽檄縱横暗風塵
沿道未聞援軍入貔貅桓桓我皇師半夜聽雞肉生髀
陣中笑撚金僕姑塞外欲虜辮髮兒當時宰相兜鍪客
折衝不講縱横策遂使六國窺秦關虞虢何由修玉帛
東兵西馬引軥車冀北一半成廢墟清家倉皇棄社稷
此事須驗亂離初西土敎徒國狴豻陽貴平和陰恣悍
虎攫狼噬侵封疆坐使拳團致背叛殿宇崢嶸飛翬隆
白日放火天爲紅殺戮敎徒如刈草劓刖壯夫貫女童
此輩蒙昧疎謀計幽憤激發欲拯世清廷煽動誤本末
九州竟釀釁卵勢羣黎蠭起戕使臣諸道繽紛燒城闉
黃巾跳梁銅馬獗屠掠掩壓外邦民外邦聞警飛使節
攻守略定期殲滅七國一齊出將軍誓天慷慨氣慘烈

黃海波濤吼風雷鐵艦衝撞濤破摧王師先登太沽壘
俄德亦據北塘臺旌旗蔽天騰礮燄鼓鞞接地草木颭
劍氣低昂晝貫虹天津以西無阻險銜枚長驅占楊村
咫尺突兀望京垣歐旅間道攻西北我兵東奪朝陽門
城中使館戰正苦逆虜攻襲無朝暮刀折彈盡張空拳
一時纔保肅王府城東烽火照暮雲殺氣森森動斗文
眼見義師破圍至城中喜悲抱將軍自從清室助盜賊
四海冥濛陣雲黑須誅渠魁謝列邦文恬武熙建皇極
列邦固聲救星槎丹書豈宜割山河晉文詭計假虞道
齊桓譎術挑楚戈賊寢河北猶交戰龍蛇唯待風雲變
俄德法英咸鷹揚可憐東海日卑賤胡狄誑張騙趙孤
獫狁暴慢蹙周圖誰雇魏絳議和戎焉知婁敬勸遷都

晉政難賴江南壁宋室遽棄河北鏑君臣相顧淚濕衣
百二河山風蕭瑟兩宮北狩指晉陽霜露侵輦聖心傷
黃褘當年臨玉戶青山此日充畫障五國城邊沙浩浩
蒼梧野南雲皓皓空望日月出還沒玉鑾何時上南道
日暮倚欄送飛鴻簾前無人城樓空霜錦雲繡冷行殿
璧月桂花思故宮景山蕭條禁鼓歇衣冠奔崩劍佩竭
翡翠金殿閟曉煙鸚鵡雕欄虛夜月萬壽山空草離披
圓明園荒長荇蘺秋花狠藉覆紫砌怪鴿營巢鏤鳳楣
親王歌館今何在丞相舞榭失光彩朱幕翠簾霏霧寒
亂禽重來牆又改平生養將備國艱士卒尷尷氣挫豻
督府連境擁精仗雌伏不敢出邑山此時不出將何意
無乃年老圖私利不知國破家亦亡爾輩何不思聖淚

黑龍以南胡馬驕況復楡關聚戎軺唐家已無郭子儀
漢廷誰擬霍嫖姚氛祲漠漠沈天日義民不解救宗室
清若擢滅我亦危保全封疆我其匹豈圖朝廷憚西歐
堂堂神州闕國猷畫策每隨夷虜後枯骨枉買敵國歡
還遼相公新拜詔峩冠大帶臨廊廟平生意氣輕霍伊
乾惕强自比周召定有宏謨達楓宸未聞尊俎施經綸
俄德公然據齊遼昔何揚揚今何淪當時還遼由兵少
今日水陸盛旌旐雪恥逞意今其時逡巡何以做弱小
聞道廷議割閩江搖尾追隨西土尨瞬時唯成彌縫計
百年其奈危帝邦家國寶器在禮貌如今權門輕名教
庠序不出社稷臣閥閱何知忠與孝李顯牛蹶戀衣冠
攀龍附鳳多素餐齷齪簿書誤大體諸君爭使　聖心

安壯士中宵瞻河漢拔劍斫地劍光爛欲爲　聖皇甘捐軀起望星斗發浩歎寂寂寥寥儒生家盡日讀書避牛車普天唯期樹道紀勤勞應同種桑麻儒生慷慨壯士噫功業忍歸朝臣敗請君棄擲優柔態秋風盡試俊鶻鷹

桂湖村曰燕京變起日滋事端遠者和以間親舊者睽以就新仁義之道蕩然亡矣有心之士慷慨拊膺末如何也此篇敘述六月以來之事委詳明贍毫無滲漏骨力雄健辭藻偉麗中幅尤極淋漓酣嬉讀至可憐東海日卑賤髮豎皆裂洵此大作

送國府犀東（種德）之臺灣

犀東子臨發東友索余詩余詩在意而不在辭若徒喜其辭不顧其意則何爲于余詩佞順逆意妾婦之道直規不回丈夫之諠易諛以箴犀東子可以知余志

乘秋度洪海載輸諭悾恫壯哉遠遊子俊氣斷彩虹借
問何攸之萬里入南中南中風土異炎瘴恆朦朧城闕
隨巖險河山接蒼穹豐條敷永綠繁榮吐常紅材鑛藏
天積魚禾遲地通雲燁控良府何遽委獷童更思澎湖
障嚴鎖扼閩崧滿胡囊擾亂四海正興戎幽燕覆旌旆
魚龍哭艨艟黃褘避故堞峩冠紛形宮與國擁列戟使
者懷剖桐或恐盡高鳥廢匱棄寶弓危勢招禍眚仁人
思全功雖居偏孤地仗義存至公中土警腓弱邊心欲
實充沈潛敷規畫啓迪期明聰小人喻愒利烈士知匪
躬甘心赴患難應使皇道隆闢富與養氣神化移野風
使彼狉狉族變爲長城叢立言重躬踐細行要敬崇戒
愼覩達德好色豈英雄道以乾惕暢理以精虀融事以

慢易塞業以放縱窮聞言猶貳行僕豈不憃憃因君萬里航欣然致微衷桂湖村曰氣勢渾灝體格完厚言之有物必中肯綮近人送別之作大抵辭雖美而無規戒其或有焉未爲詳贈此特詞意並到與昔賢爲伍王世貞論杜詩云以意爲主以獨造爲宗以奇拔沈雄爲貴此篇亦幾乎有之

有所思七首

我所思兮在眼前欲往從之行路難美人贈我三寸柑
何以報之青琅玕黃絹繡紋雜花發惆悵題字淚霑翰
嗚呼長歌歌抑塞欲報不得我心酸

我所思兮鳧鷺洲欲往從之路悠悠紅花爛漫不忍見
碧水浩蕩不勝愁日夕驚風亂瓊蕊洪江激波隱蘭舟
嗚呼長歌歌哀惋惜君不得日西流

我所思兮在華亭欲往從之晝冥冥清唳膠膠聞九皋

憐爾皓皓霜雪翎時危不乘衞公軒節高能保青田眞
嗚呼長歌歌惆悵訴天無言紅淚零
我所思兮城南端欲往從之路漫漫夜深月出羣動息
城樓高懸白玉盤美人燈下執刀尺絡緯應泣雕井欄
嗚呼長歌歌激越霜露瀼瀼凋紫蘭
我所思兮翯花兒欲往從之逢無期吳桐蜀絲張朗夜
月前征鴻行離披高調急彈清響發霞襹雲帶隔翠帷
嗚呼長歌歌何苦銀漢倒流我淚滋
我所思兮在雲表欲往從之路繚繞銀河耿耿夜向闌
美人娟娟天末眇月出皎兮玉人光思君踟躕天下曉
嗚呼長歌歌不極愬之無所憂心悄
我所思兮在月窟欲往從之神怳惚雲霞衣兮虹蜺裳

菊盈把兮桂插髮紉紫蘭兮佩芳蓀倚脩竹兮望素月
嗚呼長歌歌欲亂捫心怫鬱精爽竭

母兒歌二首

母歌曰

倚閭門兮望兒來雲羃羃兮天漫漫野曠兮山阻鳥歸
兮獸散百草吐芬兮蘂葉交白露凝兮紫煙亂覔孤芳
兮從江沚奔流激揚絕高岸望兒兮不來慨言兮永歎

兒歌曰

秋風嫋嫋兮江水波鴻雁哀鳴兮凋綠荷思故國兮望
喬木山嶽崋兀兮冰峩峩若有人兮天一角日暮不歸
兮涕滂沱已矣哉兮無我識母兮母兮可奈何

粟生津村秋居雜詠七首

野堂秋雨霽新穀登佳辰採菊兩三枝招客五六人與
坐紅楓下飛觴斟清醇盤盂雜魚菜晤言忘舊新自非
鄉黨樂何處樂是眞
雞鳴村巷白曙光耿前軒降階中庭步霜露濕籬藩濛
濛團秋霧熙熙昇朝暾人聲漸在戶衆鳥亦已喧此時
攜稚姪逍遙出柴門嘉稻連曠野曖曖喬木村農夫盈
阡陌懸穗散田園刈穫自今始蒼茫望平原
種稻村郭南稻熟野景新遠風漾黃浪羣雀喧清晨壯
夫刈平疇稚子饁遐津少婦築場圃老者助採薪田田
收秋積家家忙輸囷自從勤東作豫期新穀陳不憂衣
食乏不逢妻孥瞋官租盡可輸餘可以禦貧酒價雖踊
貴傾樽招四鄰嬉笑多歡樂不負昇平民推究溯其始

得之在苦辛苦辛生至樂九族咸相親所以古賢哲躬
耕樂我眞
柹實粲秋日幽林發焜煌清晨侵霜露攀樹摘朱房大
小隨所遇甘澀袖裏藏下樹欲入戶兒童環我傍揮袖
盡分散歡笑動野堂
門前野客至雞狗驚叫號誘雞上桑樹驅狗走東皋延
客坐草席三五攜濁醪舉杯屬父老侑盤供野毛與話
今年豐且勸明春勞東嶺皓月上空林秋天高繁星流
素耀虛籟生松濤言笑羨公等窮愁恥吾曹歡樂永斯
夕不惜竭燈膏
秋陽澹澄霽天淨雲物閒野曠明碧水氣斂露青山遙
樹雜黃絳牛羊散隴間暮光漸已逼農人望煙還

竹林寒雹亂虛籟入簾櫳積陰鬱慘凄蕭條野色通枯
木森如束飛鳥去不窮幽人正佇立延頸望長空

詠懷

四歲入小學粗知鳥獸名生長誦歌詩嚴督侍萱堂八
歲游家塾略記詩書章未通語孟義趨庭讀孝經十歲
閱國史十一及異方春秋及史漢辨道談霸王切磋交
朋友提撕有弟兄大兄授歐學次兄說虞唐叱咤顧東
西目短陋儒牆十二爲人嗣寒門無吉祥出贅非父志
爲兒屈其剛每憶當時事血淚迸琅琅十三遊東京侍
坐次兄傍計較究書算問學并漢洋十五入中學課督
日上庠動植天地文藥石金玉藏體技與書畫勤勞匹
耕桑此時讀杜詩愛誦忘飲嘗徹曉伏繙帙有得喜欲

狂十七近成人颯爽上向岡稜稜健兒骨抱懷鐵石腸
撫時談國計懷　君論皇綱烈風喬木勁嚴霜皂鷹揚
東西無賢俊古今絕豪英意氣籍相許沽酒解金裝同
時傾蓋士飛散隨存亡正氣屈不伸不才守木強二十
遊大學學淺氣老蒼恥伍當世儒生息文字行道義欲
樹立經綸欲恢張今歲廿有三始辭赤門房人事自此
始前路悠且長欲奮百世上須韜瞬時光汲汲約積勢
一舉揚芬芳精微徹玄理究局歸倫常勤勉進福德四
海保和康開物以成務於道如裹糧衣食與教化譬如
兩翼翔我能存兩翼一誠報吾　皇

留別

王正十一月灝氣萎蕤葳曠野靡榮綠天宇殊淒其商

颷捲枯葉赭黃塡堂基寒鳥趨風急變音帶餘悲遊子將行邁前路望巘巇嚴駕度脩阪神愴不能馳征翮戀故林游鱗懷舊池顧念疇昔款何忍卽別離草木遠相送山川遙相隨鴻飛遵洲渚葉敗散澤陂景象歸澄澈萬物咸萎腓霜露日云肅誰能保威儀遙憐松菊徑孤抗揚華滋故園良朋在寄語無相違

山居七首　時寓上野山寺

久慕天台山峨峨三萬尺山巔雲常閒谿邊松自碧日月相向背夏冬無晨夕雲路杳不窮求之如何獲

明月寒皎皎掛在天台山羣峰森羅列彩霞相映斑此山固高秀超絕天地間山中有幽士向月長嘯還

褰裳上寒巖孤嘯倚煙霞仰看明月輝俯瞰衆山峨片

片雲飛去青青揚素波可來麋鹿侶聞我紫芝歌

乘曉汲寒水明月在天邊天邊無片翳光華本自圓心與境冥合隨處皆眞詮此境如何說欲說已嗒然

靑山時拄筇虛室且開襟嘉木庭前列幽芬谷口深樊平容遠水牕小引遙岑心寂境逾靜唯聞禽鳥音

林壑暝煙斂露華湛卷阿小星正三五虛籟響庭柯明月上寒嶠幽光拂女蘿夜深空萬象唯有白雲過

自有山中樂嘗無塵外熷噓噏作煙霧麋鹿盡親朋戲月舞磐石驚雲走篠藤天邊時大笑丘壑欲飛騰桂湖村曰七首似古不古如律不律古律之間自成一體其品近王孟又有寒巖子迴翔容與逸興淸趣迴出天機玄參造化儷佛之氣滃勃毫端非神識超明靈心洞朗者不能屬一語又不能解其妙處也

山居贈潭師三首

天地在眼前山水俯可拾聞君在天台英靈共拱揖脚下方地履頭上圓天笠爲衣有葛藟煙霞成米粒我非希仙子依君淨染習

寒巖坐初夜山空更何有樹色澹星光鳥啼歸洞口碧雲生遠空明月照山右綠滋搖圓輝淸風吹幽阜露翻灑蘿衣拂之玉在手以投山南坡生玕九萬畝鸞鳳如雨來與我巢林藪山中自然佳獨何不相好

始來天台山不知是何邑山花經冬開巖雲不時集暮驚朝暾升旦訝夕飈急居久心乃愉勝事可恣給飾山有煙霞候時以萌蟄虎鹿慣送迎鳥蟲共歡泣人間多情僞眼昏難辨級守拙遯身迹逍遙頤自立何以攀白雲願將明月入桂湖村曰運飄逸之才發冲澹之趣驅修潔之思行幽奇之語此詩家所難豹

軒三首幾併有之高曠深窅瀏然以清翛然以遠令人忘塵氛之所在我非希僊子一語猶見儒家本分贈言得體

明治三十四年辛丑 二十四歲

春日雜詩四首

繁花照大隄垂楊暗春城車馬塵中走笙簧天半生
春水綠沄沄雜花照江濆看花人似花繚亂水底文
朝日照花林紅光搖碧水禽鳥相和鳴思君云何已
柳條黃金絲櫻花錦繡色佳人年二八獨在機中織

擬行路難十首

堂前櫻

君不見我家堂前一株櫻春來著花滿條枝紅葩燦燦

垂雲日咫尺煒如彩霞披東家少女年十五望之欲取不能取爲贈繁英爛漫枝我且長吟君起舞風前花開能幾時日暮飄揚委泥土少女聞之坐嘆息雙袖闌干悄倚戶

桃李花

二月桃李花紛紛如雪爛漫開三月楊柳枝暗天金色映樓臺何知日暮狂風起丹花翠葉咸敗毀古來春光不須臾想君顏色亦若此

雙棲燕

君不見我家梁上雙棲燕楊柳綠時雙雙來翡翠簾前出還入花間葉陰相徘徊一夜其匹去孤燕哀鳴不爲聲奈何人間卻離居强爲笑語不傷情

紅紅白白

君不見東家少女名紅紅暖日凝妝芳庭中樹裡煙外點綺幕蝶上鶯下翻畫櫳又不見西家素郎名白白雪衣鶴裳輕風陌亂點楊柳桃李垣飄飄颺颺天澄碧白白暮宿紅紅家紅紅朝尋白白紗白白紅紅日相親春空開張雲錦霞君不聞鳳管龍笙天半起紅紅白白歡樂歌

似流水

君身如低地我情似流水流水有時阻高邱亦復常流向低地天月與海水朔晦有缺盈唯我流水情向君滾滾生君若在河北我夢越河北君若在江南我夢隨江南河北風雪江南草相逢攜手夢亦好何事在眼前常

常令人惱汎汎水上萍東西各自連或恐君情意隨風亦變遷君意寧有此君節金石堅君意設若有我情金石堅君不見亭亭山上松翠色參天霜雪中我情滾滾似水流千古萬古向君流

笑矣乎

笑矣乎笑矣乎紅顏少年不用悲人生五十豈能長唯當歡娛及其時春風昨夜天上來梅李桃櫻一時開紅花白花影繚亂鳴禽啼鳥相差池君當飲美酒花前鳥後且戲嬉年年春色來一回勿爲老大徒傷悲

悲矣乎

悲矣乎悲矣乎悲之來不能歇明明在胸臆逼憶怛惕結不發熊羆瞰我手虎狼嚙我足痛苦豈足言人生酸

悽難爲哭嗚呼酸悽之毒猛於獸窮愁一夕頭盡禿

九月葉

二月雪未解三月花滿林四月五月草木長八九涼月
氣蕭森此時出野望四方黃樹紅葉秋一色籠山絡水
爛錦張映霞帶煙彩文織君不見三月花明旦化爲雨
又不見九月葉此夕踏爲土人生豈能長好景易窮極
唯當時時攜美酒每逢好景且恣樂

㽞麗色

君不見東家庭前七株楓秋來一株先帶霜一株霜葉
千萬枝爛漫錦繡照松篁綺林日暮淒風起葉聲如雨
落鄰牆鄰家少女見歎息片片盛囊苔石側惆悵仰天
且踟躕不忍土中㽞麗色

不得已

君不聞胡笳之聲最哀烈散入颷風寒雲裂慘慘慄慄聲欲絕慄慄慘慘又吹徹吹之者誰無告子問汝何由爾慘慄一聲聽未終能使嗚咽泣千室君不見漢軍夜宿陰山北大漠霜寒苦月色胡人此時吹胡笳壯士相顧咸悽惻胡人不知漢兵悲馬上悠揚得意吹我今吹笳與之異聲聲慟哭迸涕淚傍人同悲幸相恕悲來吹笳不得已

蝦蟇

西山有蝦蟇欲呑天上月瞋眼撐後肢朶頤望仙闕不知乘雲霧中道忽蹉蹶開口未能閉張肚將破裂困頓崖石間無由藏深澤餓狼當前路猛虎出幽窟左右攫

割之金牙揮劍戟墓死無餘肉精爽有魂魄至今雲仍孫望月貪不歇

傳家刀

君不見傳家日本刀十餘年來沒蓬蒿衝斗精氣鬱屈久寶器未遇天下豪昨夜篋底神龍吼破屋硠磕風雷走我恐神龍變化去再拜寘之宗室牖解條脫鞘驚膽肝煌煌三尺秋水寒紫電四射星文亂低昂不覺天地寬惜哉刀兮莫人識不斷犀馬刈荊棘

簡觀海子 池谷盈進 沼津人

我聞觀海子隱居駿城陲代耕非所願儒服常賦詩賦詩何雅奧瑰蔚發藻辭昔我登蓮嶽擧手弄雲曦始知天地文闡發已在斯君乃住其下玄關任所窺海內多

虛譽天驥誰能知立言具眞意葵心久傾攲重荷瓊瑤
贈愧以木瓜貽

明治三十五年壬寅　二十五歲

耶馬溪紀遊詩十五首

中津至樋田驛

自入宇佐郡遙望東南山千峰當平野崚嶒插霄間奔
流出其下水淨雲亦閑羅漢逕不遠拂衣叩禪關

香魚潭

仄徑沿絕壁攲松危將落下有百丈潭遠接蒼山郭道
是耶溪口水巖殊斲削長風林谷迴磵湍相奔搏魚過
不能攀余來且盤薄坐石看天雲聊得遊寥廓

青村洞

林巒亙數里溪流與之東溪巒相蹙迫斷壁洞門通洞門連晴川遊煙散遙峰渺渺孤舟小去入黃竹中

洞鳴磯

夕陽下前嶂三五暮鳥歸草灌露將白篠岫煙漸微此時乘輕屐恰到洞鳴磯川上練光動巖木金霞飛照耀水石淨薄霧已又圍回看羅漢寺濛濛素雲霏淵默聽潺湲幽意誰能推

晚宿羅漢下

晚途苦奔峭尚涉大壑淙天空飛鳥滅日入煙霧重幽風下蘿壁哀猿何處峰欲投故人宿暝色只聞鐘

曾木道上

雞鳴山色曙深磵尙餘煙月落魚梁上風生竹嶼前解衣臨石瀨揮手弄清漣亦似遊濠意靜觀水底鯿

賢女峰

溪山深更好益愛水雲濃行盡青村路又看賢女峰哀鵑啼密竹危日落寒松古洞一祠宇轉令思舊蹤

山村

嶺繞山田闊蒼蒼古樹屯蠶桑還此地泉石激無喧犬吠桃花塢煙生綠竹村杳然迷出處或恐是仙源

古城

欲弔英雄跡春山訪古城亂陵野花發殘壘暮雲平鐵鎖何崖壁煙蘿空旆旌攻爭今已矣行客路傍情

机淵

偶來机淵上一笑對青山潭色千尋綠鳥聲四月閒魚行碧樹下猿嘯白雲間有此臨川樂幽人應不還

長藪巖岫

溯洄巖路盡峽轉亂流橫飛澗雲中落高天山外傾千峰看不極萬壑斷還生白日蛟龍鬭時聞絲竹聲

落筆巖

松潭洗雲日水碧暮光殷返照澹明滅游魚皆可看昔人經過地泉石至今閒去去指前路青蒼是彥山

飛猿巖

耶溪春欲盡之子樂巖阿潭影入深竹鳥聲出綠蘿水平川上石花舞磵邊波孤坐多幽興風光奈夕何

宿于守貫

褰裳濟夕瀨投宿方鳴鐘月泛東溪上雲行西岸峰雨聲連後筑樹色接前豐明發買鞍馬更尋山水容

題紀遊詩

昔聞耶溪勝遐想在雲林今見耶溪勝山高白雲深巖石未稱意水木諧夙心思之發感嘆詩成聊長吟

黃植亭曰純從耶馬溪起興雜用古今體便是落落不凡第一首敍明來蹤飄然而至中間遊目騁懷猿鳥悲呼寫景一則有色有聲言情則欲歌欲泣恍惚如入桃源世界尤不專指一處用意已工末首結出總意幷使上十四首所未言及者隱隱歸入其中製局極神化此等舉動豈淺學者所能望其項背至各首器宇蒼高聲情警健無一率語無一弱字悉從唐人脫胎而來亦徵斲輪老手

秋懷

梧桐葉老隕霜微月白還看賓雁飛此夜關山歸不得
空思阿母手中衣

中秋同社友賞月品海

乘波泛泛去還留明月新懸海上秋醉後不知身是客
扁舟明月共悠悠

豹軒詩鈔卷三

豹軒詩鈔

豹軒詩鈔卷四

北越　鈴木虎雄　撰

明治三十六年癸卯　二十六歲

懷子德兄　以下南航作

墨水南流無限春扁舟此夕欲離津津頭楊柳三千樹
一樹依依低向人

海中望五島諸山

落日蒼煙動遠汀海天孤鳥入冥冥斷霞猶照滄溟北
如笋島山數點青

基隆海北卽目

海上潮光曉未明舷頭漠漠暗雲橫南來風起開煙霧

咫尺青山突兀生

船入基隆港舸上口占

馳舸蒼衣箬笠蠻晴波淡淡載人還巖屏曲折抱灣水
水底倒涵雞籠山

入臺紀事六首

七肚驛西碧帶流兩邊山澗闢田疇夏來苗本綠三寸
細徑時時出水牛

翠篁深處是誰家蔓草綿綿瓦屋斜男子敝衣赤脚走
婦人雲髻簪紅花

南臺日午火雲烘苑裡妖花射眼紅向晚星天殊粲粲
相思樹上起清風

園林晝靜麗禽翔花草爛斑蜂蝶狂獨怪夏天秋已到

南風四月木犀香

鳳梨赭黃蕉實黃鰵魚甘苾棗茶香清風一榻竹簾下

玉椀又盛琥珀光

暮上城西艋舺臺川原蒼綠夕陽開大墩山仄雲中出

淡水河明樹裡來

謁臺灣神社二首

親王奉鉞討邊疆躬冒彈煙臨戰場一夜前軍大星落

萬年威武照南荒

風搖楊柏葉聲悲帝子祠前薄暮時鳥去山空花自落

春寒陰雨捲靈旗

圓山望觀音山

雞江南注淡江灣兩岸蕭條綠野閒當面連岡平遠處

空中現出觀音山

劍潭寺

昔時全盛劍潭寺今化兒童誦句堂辮髮先生執鞭立
漫看石佛放金光

淡水舟中望關渡作

日落清江曲片帆遊子情平原煙欲盡斷嶠月方生樹
色關門渡潮聲滬尾城夜漁燈火遠擊楫下空明黃植亭曰
繪影繪聲情景欲活後幅寫望字十分透徹讀之恍惚身遊其際粘舜音曰鍊格鍊意鍊字鍊句俱極蒼古不
徒以寫景見長洵非凡手所及

臺北客中雜詠十二首

萬點槿花發爛斑風露朝遊蜂求蜜去烏桕至芭蕉
初日照林屋薜牆翠蔓斜小禽誤棲止玉露墜紅花

炎風吹巨竹不動半天雲瞑坐蕭齋裡暗知蘭桂薰

玄蛇横瓦壁白蜥躍蘿牆永晝無啼鳥黃風入草堂

雷電盪雲激虹蜺垂野開疎簾卷未下急雨搖林來

隱見樹間樹參差山外山夕嵐青欲盡一點鳥飛還 黃植

亭曰蒼翠如春日柳綽約如老樹花節短音長餘韻可掬寫景亦極古致非得力於六朝氣息者安能有此

禾稻盈平野縱横引綠風牛歸遙草外人立夕陽中

蜻蜓磨地亂蝙蝠薄天飛野色紅將盡蒼茫向落暉

少女執鞭立竹灣古渡頭錦湍遠明滅鵝鴨溯川流

步出圓山路瞻望和尚洲蒼蒼千竹暮片月照行舟

燈火林間滅星光天外稀微風吹野草照寂一螢飛

童兒籬下語阿姊笑言非夜燭照高柳鳴蟬穿竹飛 黃植

亭曰筆端變幻光彩陸離中忽見野外景色水秀山明撲人眉宇而韻聲如空山鼓琴鍊神如玉壺貯冰洵是

爐火純青時候

神武天皇祭頌辭

芒芒赤縣時屬草昧險凶狉狉爲慝爲憝據丘襄陵挻
戈張幟擾擾下民靡有寧意天之好懿維嶽降神夷斯
九土覃施四垠弓矢斯張金鼓斯振威武鷹揚厥德維
仁發日之陽至紀之北靈鵄東道征斯鬼蜮有罪咸伏
奸宄顚躋蠢蠢戇愚豈敢疑惑登彼景山卜斯帝鄉原
田膴膴肥水湯湯作爲宮室廟門亶光敎稼勸穡闢圃
築場木風煦煦禾麻衍衍維彼寡婦績紵繅繭維彼耆
老衣帛羞孌勤我王事敬秩徽典　王荷天寵自天迎
之　王遺宏圖　聖孫成之日月攸照霜露攸零弗騫
弗崩奄有八紘熙熙南臺　皇孫濟之翼贊祖訓徧敷

德惠恢弘丕烈剔滌苛斂繼承前緒矢靡失墜維斯令
辰　皇獻清酌雍雍顯相吹笙鳴籥我　皇臨御我
祖聿格維我遐方咸胥湛樂

上臺北城殘壁二首

臺北城存壘壁空時平無復見英雄哀煙蔓草殘垣下
碧水青山夕照中
四塞江山形勢雄總歸皇土版圖中唯今此地新開府
紅日旗翻草木風

寄潭師次韻二首

南遊未敢賦迴腸及得君書怨恨長花落鳥啼無覓處
蕉明竹暗又斜陽
雉簷鴿閣鬱衙衙散步涼風恰到家明月正懸榕樹上

碧天無復片雲遮

又寄五首

谷口山鐘動琪林起暮風昔時幽賞處煙水路無通鹿苑鶯花外衡門蕉竹中倚欄飛鳥遠蠻草爲誰紅

晃嶺清幽寺上人獅坐閒千巖飛雨外萬壑斷雲間嵐氣侵朱戸幢光映碧山高風若可接浩海淩波還

郊田昨夜雨水滿長蒲芽泛泛二三鴨娟娟燕子花綠苗排井秀新柳受風斜歸路攜紅紫禪關叩暮霞

野人嘗問法叨許過天台松上懸明月巖頭拂碧苔仙花如雨落白鶴御風來不識袈裟濕夜深猶未迴

趺坐寒巖下湛然不誦經花開花自落草死草還生圓月照天路白雲接戸庭招余以驂鶴杳杳隔仙扃

寄懷靜處山人 福田世耕

洛京君卜築麋鹿共閒遊落日蒼松色長風遠澗流鳥
鷲山月出煙定樹花幽邊地空相望清蹤何處求

寄二兄

長道逢荆棘勁心還在茲與君江上別維我海南之白
日椰蕉暗青天鴻雁遲殘燈風雨夜涕淚濕羅帷

時事雜詠九首

吹南極

營門仗劍望燕雲眼中無復李將軍一死直欲報君國
雄風壓倒千人軍自從四海絕兵炬鬢髯男兒愛紅女
醉歌亂舞翠帳中昔何勇猛今何怯南中狹斜嬌面多
壯士夜夜戲素娥攀花折柳不足道竊玉盜香又如何

官長相見不相識上下競奔漁麗色蛾眉之斧不能勝
淫蕩之風吹南極

何暴漢

春水返溪脚春風吹花垣不知何暴漢突如入籬藩婦
女走相叫狠藉紅裙翻民欶抑又吏白日騷後園四處
已偸姦徒黨將更繁民間若有此赴官宜訴寃獸行不
在民嗟乎復何言

眠鏡臺

姦黨紛紛如雨來翠眉狠藉絳裙開不知赤帽黃線子
白日何邊眠鏡臺

捕五頭

鼠疫日猖獗頻頻我生休吏曰汝人民謹爲捕鼠籌朝

夕掃瓦壁反覆渫渠溝多多更益善少亦捕五頭一月三十日五頭必當求捕獲踰五頭賞金可之酬五頭若不獲汝等當有尤人民聞此語汲汲求鼠儔鼠賊漸將盡五鼠無得由唯恐課罰金却爲養鼠謀

鼠六頭

賢吏忙爲驅疫謀已分訓令欲除憂愚民若恐黃金罰屋裡竊存鼠六頭

蝶與蛇

問君何所攜數十彩蛺蝶問君何所贈五七蛇蟒篋鱗甲耀白日凜凜使人懾紅舌吐草中踴躍欲擊頰蝶也麗羽毛黃紫一何暐置之欄楣間眞如戲花葉今日蝶與蛇叢窟已又成臺灣文庫裡一見得其情奇哉寄贈

人飄乎似幽靈來時有其影去時無其名

匿名人

鮮鮮蛇蝶羽鱗新文庫堂中別見春世上紛紛爭衒賣
南方有此匿名人

白刃閃

白刃閃鮮血紫女子叫慘風起臺北廳府前市樓之上
戶之裏男者商女者妓妓而妻妻似豕高者山低者水
出于爾反于爾癡情果總若此

太多忙

桃花洞口一株楊移植少年遊冶郎怪着綠條低向外
千絲折盡太多忙

北塞

北塞風雲慘不收傳聞海外又防秋露軍跳躍三千里
滿室震驚十六州開礦稱權因藉口撤兵破約更何謀
設令隻騎化樵採黑水以南不可留

黑龍流

日英連袂護遼州誰敢公然弄詭謀第二撤兵期已過
露軍不渡黑龍流

聞 聖駕臨幸博覽會場（會場時在大阪）

柳垂花麗日方長 龍駕親臨展覽場繡幕四圍連品
物珠棚千疊映 宸裝綾絹北地爭精巧鹽樟南臺最
盛昌食貨新聞荷 聖眷邊封偏浴帝邦光

端午

新草芊芊重五時蓬弧桑矢賀男兒戶戶風翻紅鯉幟

家家湯浸碧菖絲屈平去後成斯俗皇國每年有盛儀
今日南疆亦傚此鱗公潑剌屋頭奇

觀慈善劇歌

東奧飢饉慘烈烈無衣無食救途絕百穀已盡剝木皮
野無寸碧草亦缺老幼相擁仆道上婦男號哭眼流血
殺馬煮薦何足言捕攫蟲蛇食蜥蜴同胞齊生天地間
獨有何辜罹此孽南中俳倡聞此事亦有人心腸爲熱
簡書紛紛告四方技場新開慈善劇畫樓寶閣綠水瀕
百花爛漫何處春絃管悠揚起天半雲中忽現姑射神
雪衣蜺裳風裡舉落花飄飄點玉塵媚態嬌容赴緩節
戲蝶遊蜂臨拂巾宛如柳條靡風曉忽似海棠睡雨晨
或如驚鴻翻豔雪又似遊魚啄白蘋牡丹已散紅蓮開

春鶯方辭夏燕來更有一隊娘子軍錦帶銀扇影邐迤節奏宛轉左右當閒花細細駐游絲座客觀之爭纏頭緩歌一曲金百千寄語世上飽食人須爲同胞寄米錢

懷兩都櫻花

三月陽和節天碧白日長美哉蜻蜓國化爲櫻花鄉上野與飛鳥東都競其芳芳野與嵐峽近畿較其光萬花含曉露煙霞浮松楊爛漫臨澗水參差亙邱岡日照白雲靜風來紅雪香此時羣士女爭赴觀花場阿爺引稚子新婦隨仙郎花下弄絃管歌舞翻衣裳獨此臺灣地寒熱不有常雖非無櫻樹未見錦雲張金錢及石竹繚亂鬬赤黃紅竹美人蕉炎炎照瓦堂其色過濃妖豈若櫻淡妝君看百花裡櫻是花中王

又

三月神州天氣新櫻花爛漫照青春南邊花木多濃豔
羨汝兩都行樂人

大加蚋堡觀角觝戲

十六俵已設四本柱亦宜大加蚋堡內初日正午時我
往觀角力縱橫一何奇人有英米獨加以京阪兒小緑
爲大關以下總準之怪怪西人技彼我久相持已仆不
爲負忽起又相隨敵肩塗大地始見勝負辭此技六七
番雜技數十回漸將入佳境觀客皆揚眉大纏與桂川
桂當爲纏師一矢射榮鶴竹繩巧縛梅增位衝荒寅柳
徒被松追最後緑與海龍虎爭雄雌手搏而足搦進勢
又退姿一呼謀緩急瞬間決安危海也將擲緑惜踣土

俵涯喝釆如雷起彩幕亂離披小綠大纏桂川一矢榮鶴竹繩增位荒寅梅柳松海並力士名

又

大力無雙各國郎互爭勝敗氣揚揚人間萬事亦如此
世界應同角牴場

僞豆腐

右有翁豆腐左亦翁豆腐借問二豆腐孰是眞豆腐一
則臭而腐一則芳不腐芳者水不腐臭者水已腐腐水
造豆腐焉能得不腐奸商攙此腐强顏賣其腐以腐爲
不腐竟是僞豆腐豆腐不除腐喰之肝腸腐

豆腐壺

城裡誰家翁豆腐鄰人贋作妄相汙夏天鼠疫日將甚

害毒應生豆腐壺

古亭村訪白水老人 尾崎秀眞 遣興

西山樵夫夕喫飯飄然來訪白水居白水老人時飲酒
秉燭倉皇臨前除竹間明星燦若玉野外淸風荷香疎
樵夫靜坐興未已長嘯乾坤返吾廬 黃植亭曰飄然而起倏然而收一片
靈機有神無跡直如盤龍淩空全身都在隱約離奇之際

臺灣始政記念日二首

天子賜優詔將軍撫僻疆土匪旣誅滅蕃族亦靖康上
國輸糖粟深山採檜樟政成將可見回首八星霜
雉閣開門扇羣僚趨賀筵方欣初政日又會中興年蘭
露耀紅綬蕉風拂錦韉晩天聞鼓樂總督畫堂邊

遊北投

臺北城西紗帽東川巖回曲路幽窮登樓下見溫泉綠
倚檻平臨落日紅雲去雲來山色裡鳥歌鳥笑水聲中
浴成長嘯向前巘明月新懸脩竹叢

九月七日靜處山人寄詩來酬之三首

誦君原上詠惆悵思何窮滿目風雲色無由寄斷蓬
明月照無盡清風吹不窮可憐屬良夜南海轉萍蓬
碧水泛明月東山興不窮煙波空隔絕謝爾問征蓬原倡云思君復徘徊原上愁莫窮明月照孤雁秋風吹斷蓬

中秋寄懷潭師三首

皎皎圓明月正懸鑾界峰遙思獅子窟杖錫向喬松
煙水三千里月輝滿五洲海南孤客在管領一天秋
玲瓏明月色寂寞與誰看嗷嗷鳴哀雁不堪白露寒

即事五首

林外夕陽盡
階前泉石閒
呼童洗密竹
臥見城南山

朱雲映石階
白雨滯遙谷
時有清風生
芭蕉高似屋

斷雲含雨去
急鳥向林還
銀箭散平野
斜陽照遠山

白日看天臥
風雲奇態多
初唯如狗鼠
忽已變龍蛇

盆水養魚在
向天噴玉璣
未逢雷雨至
不得化龍飛

雨霽

雨霽園林玉露清
明明皎月照高城
玲瓏凝碧天無際
寂寞中宵鳥一鳴
兄妹不知何處所
風光定共此時情
同悲相思隔南北
回首已看河漢傾

憔悴

憔悴南冠一楚囚
自驚歲月似川流
鶯花酣日辭京邑

霜露清時又早秋北闕風雲頻灑淚西山猿鶴未成謀
離鄉愈覺鄉園樂腸斷天南萬里樓

繞城

繞城無處不巒峰我愛南山碧色濃日出卷簾排密竹
月明移杖傍踈松風雲一失虎成鼠玉石混同蛇化龍
何人忘卻乘除事且來攜手對籠蓯

城南

城南道上草連天遠望故鄉淚泫然舉目山河非我土
傷心風物帶哀煙悠悠隔國三千里落落托生廿六年
惆悵不堪還獨立暮雲喬木急寒蟬黃植亭曰景中有情情中有景悲歌慷慨天地爲愁而大氣仍復盤旋其間如讀庾子山哀江南賦

次靜處洛西閒居詩韻卻寄十首

聞君出城市　卜宅向嵯峨　昨夜讀清詠　煙波恨更多

恥抱棲遑志　未離名利地　羨君臥白雲　鐘磬近山寺

月白松風靜　天空雁影高　夜深羣動息　獨聽逝川滔

牛羊原上戲　鳥雀和鳴好　何用發歎嗟　青青春草道

舊宅無曾到　新居定奈何　窗虛蒼岫列　籬短月明多

看雲發微笑　對月復何言　一水流朝海　千峰來向門

已解詩中趣　時參言外禪　乾坤妙無極　欲畫更臨泉

白雲紅葉寺　青山碧水橋　東西南北望　孤宅未蕭條

仙妃無窮恨　詩人萬古情　誰得解其曲　夜夜月孤明

夕步嵯峨野　草花何碎摧　寥寥人迹少　麋鹿有時來

臺灣神社祭日恭賦四首

神州兵馬權　未敢將臣傳　列聖常振武　親王時鎭邊

大旌一指顧羣虜咸奔遷　皇祖　皇宗業創基固廣淵

親王金玉貴南渡儼戎裝壯烈三軍氣靡披百戰場餘威長尚在明德久揚香祠廟青山上萬年護大荒

北虜漫跳躍廷臣未破顔習兵播但際飛艦水雲間殺氣連遼海妖氛接白山九泉如有識定策濟時艱

朱幄連山樹清笙響水潯粢牲已豐潔劍履盡忠忱雍肅文兼武仆僵聾與喑年年逢盛典闔島拜祠陰

古意六首

昔我在家時

昔我在家時與君戲華堂碧池擲蝦蟇綠樹撲梅黃不知夏日永月出復尚羊疎簾流螢亂羅扇追相狂一朝

各分飛千里忽他鄕煙波渺不盡山河徒莽蒼誰言遠
遊樂不如故鄕康故鄕多康樂思君何得忘

朝日照花林

朝日照花林映我秦氏樓樓上有少婦臨牖理敝裘借
問寄何處遠客隔中州昔爲鬭草友一去經九秋音容
兩隔絕長路漫悠悠聞君邊地苦誰敢忍孤遊昨夜頻
夢君浩浩滄海流炎風裂巨竹赤陽下榕楸魂往煙濤
壯魂回殘燭幽爲君劈蕉橘忽覺在樓頭妾今封篋箱
只願君手收剪裁從舊樣襞積復新搜針線跡熨帖疊
摺意綢繆招彼沖天鶴托之寄遠陬君若遷高宅妾思
何由休

芙蓉出碧灣

芙蓉出碧灣不若君容顏綠楊舞輕颸不若君弱腰點朱方丹脣玉白比素齒遠山象翠眉春蔥類纖指形容皆不足虛飾空有餘君美不在此知之洵止余玲瓏中天月倒影碧潭虛聊以比君神或恐猶缺如

思君旦復旦

思君旦復旦淚袖常不乾一日如三歲三歲不共歡春風花滿樹思君林下步秋風雁鳴露思君月前彈妾思無暫息君意一何寬遲遲下苔砌采采叢裡蘭西風吹馨香動搖香已殘不惜馨香竭只憂會面難願妾乘秋風萬里淩波瀾往來雙袖裡拂君珊瑚竿

明月照北海

明月照北海金波鳴浩浩思君步沙岸悠悠望蒼昊秋

風吹我衣哀蟲泣露草夙昔青松傍共言攜手好忽失同歡期獨宿淹遠島折腰非所甘立身恨不早紅顏漸已蒼誰能不久老河漢方西傾鸛鶴鳴蒲藻想君梧桐下應把寒衣擣浮雲渺天末望斷鄉山道

丈夫四方志

丈夫四方志廊廟思策勳奉公固所期不厭致恪勤何復無私意欲得家室欣關關雎鳩洲灼灼桃李津品物有倫彙提攜不相分人言勿思君豈能不思君暮歎天邊月朝哭地上雲思君孤居處胸臆亂紛紛

魚見五首

魚見美人避蚿憐蛇足稀莊周爲警句誰識是耶非

漠漠諸生母空空衆妙門無無知未徹有有豈窮源

不知天地廣忘卻去來年孑孑形軀內亦容幾大千
尊達如奴僕英雄似粃糠不知何怪物果是萬形王
百歲比悠久九牛之一毛而執是非見鄰室互磨刀

明治三十七年甲辰　二十七歲

甲辰早春南中口號次國府犀東詩韻二首
南天暖日曉暉暉流照碧林煙又霏椅上塑童按劍立
簾前遊鳥穿花飛
鳶戾于天魚躍淵行藏不改入新年我今且佳乾初九
不躍不乘無用天

渡頭所見
蒼蒼沈曉月漁戶未開關水暗柳楊渡星明遠近山

江上漫賦二首

斷橋流水古城東岸幘寬襟坐釣篷碧草萋萋連野岸
白鷗泛泛溯春風誰家擊鼓垂楊下何子打魚鳴瀨中
向晚媼翁應買酒壞崩砂路走村童

夕波瀲灩沒寒洲洲外飄搖不繫舟鷺鷥銜魚窺荻立
蜻蜓乘葉逐花流蕪原日落迷歸鳥榕店煙生見臥牛
擧目何堪風景異慨然忽欲擲封侯

出遊二首

門前楊柳始懸絲此日出遊吾所之行伴水牛穿竹里
暫親野鴨傍萍池菜花黃動蜂聲亂橘樹香飄碓響遲
徑盡途窮猶未返乍寒乍暖興逾奇

紆餘幽徑府城東一笑出門與客同每對山光歡不極

俄迎野色慮成空閒鷺竝坐語牛背默鷺正冠立槿叢
造化何心催雨意前峰殘照映垂虹黃植亭曰落花依草流雪回風一種清超之趣渾然露出是善於寫景者

孟夏

孟夏陶陶草木深涼天散步水邊林花梢亂囀白翎鳥
竹際斜窺碧樹岑日入廣蕉時落筆月昇虛檻又彈琴
逍遙閒適漫乘興我輩何知物外心黃植亭曰珠圓玉潤氣爽神清有畫舫疎簾看奕棋妙趣日入月昇一聯尤足耐人尋味

月下吟十二首

日落林巒暗月生意自閒或疑好友至風竹叩孤關
雲容當戸變山色出林閒籐榻恣横臥夜來月更寒
明月千秋色青山萬里情忽看鴻雁逝何忍賦孤征

明月照山河清風此夜多誰知虛籟妙竹影舞婆娑
天漢低庭樹碧雲映竹關星辰如可拾去屋二三間
出門獲明月未忍入吾懷暫放照天地復持歸小齋
駕風冷然善乘月更如何歷覽天衢上萬年伴姮娥
黃土爲床褥青天卽蓋宮月明林下臥臥與太虛通
清風來四面獨坐意如何相對唯明月試吟窈窕歌
月下搴衣舞風前發浩歌良宵宜若此明日更如何
圓月朗朗照天風浩浩吹莊言開口笑老曰學嬰兒
泠泠山水音清韻一何深天地有詩響優於絃上琴

黃植亭曰推陳出新氣機流蕩古香古色蒼勁絕倫中間情景兼到如萬斛清泉隨地湧出明月千秋色青山萬里情是錦囊中佳句天漢低庭一樹出門獲明月黃土爲床褥各首是天然性靈語別有一竅心思固鈍根人所不能道及至末首亦似天地詩響山水琴聲讀之不禁神怡

時事雜詠十四首

讀宣戰詔四首

昨拜宣戰詔感奮涕淚墜兵者德之凶固乖文明義遽興水陸師豈其爲　朕志北俄正跳梁清韓進旗幟今而不膺懲異日危國位是以勞　朕民誰不赴艱地

昔讀還遼詔言言哭呑聲今拜征俄詔義烈氣何平初疑詔中言無曾及要盟久知　聖人德如忘宿怨成唯爲東洋故欲掃侵遼兵曲直旣甄別勝數歸正名

王師征北俄唯今最得時徒說成與敗我固不取之坐以待覆滅寧若賭安危國權屈不伸國利亦將移成國復何意干戈固所期事成永享利事敗我有辭

昨夜軍令下吾　皇大召兵男兒赴國難豈遑顧恩情

辭我白髮親別我弟與兄感激雙涙墜不覺哭失聲忽
復跨鞍馬去去自此征生必殲醜虜死必護　聖明

水軍夜襲

水軍長驅決夜襲雷艇壯士髮盡立星死雪黑滄溟怒
直截玄濤踴躍入電光雷聲起暗中砲煩亂射天爲紅
縱横馳突戰艦間勢如鯨鯢駕豐隆我艇彈丸一當百
翏翏發響火生風碎者既一擱者二其餘敵艦命將窮
天明日出靜雲蓋三隊艨艟來相會勇戰奮鬬乘洪濤
列位一線如長帶君不見金山鐵山虎負嵎敵潛其下
不出趨我艦精鋭無所用暮天歸去南雲孤

戰局變

奇哉俄軍志在退不在戰敗亦以爲勝自誇巧後殿我

聞遼陽役猛烈激雷電殺傷數相似此事非訛傳況彼宜守地棄擲走遠甸何者乘此時漫說戰局變或是出流言或是出淺見

壞蟻兒

英報所論議忽然異前時揚俄而抑日噫嘻事何奇外人從軍者豈盡有操持臨事展私忿托怨構虛詞喧傳海外紙世論遂相疑我願疑似際辯明必勿遺不用分內外要歸貴無私大人愼微細金堤壞蟻兒

復奚疑

我觀鄰邦史易君如奕棋君而不利民易之不爲奇建國體旣爾仁者須再思借問彼朝廷有無文明儀結仇以忘德脣齒若不知豈是其民意朝廷殉己私朝廷化

私黨一日非所宜尋究清韓禍潛伏竟在斯私黨眞無用斷滅復奚疑

英雄士

我觀清與韓靡弱難自恃文明視爲敵愚劣反自喜其民豈有過政府失治理如今日露戰禍亂由何起苟不清其源濁流何得止一旦逐盜賊修牆直宜始擾擾鄰邦事紛紛入人耳誰能斷亂麻懷哉英雄士

又

韓室君臣似鼠蠅清廷不免一私朋尋常加減乘除外何處英雄語廢興

讀捕獲露艦所關辯明書

東洋善例始於余何用西人唾棄餘況有精神合公法

痛快一篇明辯書

蕭牆中

俄人默英人喧晝出雷雨覆盆勝敗論可哂褒貶須臾泯官知恃廟算民知持堅忍不疑官民堪克終萬艱亦應奏大功唯恐人情有弊處往往禍起蕭牆中

有深愁

苟有戰勝實囂囂何足尤苟無戰勝實默默亦可憂不問囂與默吾心有深愁高峰多烈風繁木落葉稠一身既不免一國亦其儔功成遭妬忌禍利不易收

難阻止

奉天未陷時遼陽既佔日誰思盟邦人反弄顛倒筆西人自有西人心勝乎敗乎更何尋實勢滔滔難阻止敵

軍復退鐵嶺陰

對月作

月乎月乎出東岡未離岡頭淡放光須臾林梢躍金盆騰騰兀兀昇上方煙霧漸散星消早蒼天無涯似洒掃一片唯見月玲瓏不知何處月更好年年明月色相同歲歲中秋望不窮今宵登高坐夜半感慨生由清風明月中思汝遙臨戰場窟彩華如練照白骨思汝徘徊貧婦樓清光和淚砧上流志士新墳碧血冷忠卒冤魂玄海靜汝能照來還照去可憐處處慰孤影余亦於汝轉相親夜深愈愛汝面新擧手呼汝汝不答晴空無聲輾冰輪同在宇宙無限裡何以不得從汝美恨不乘風拽汝裾恨不駕雲追汝趾明月似笑亦無言忽驅瑤轡傾

西軒曉天墜露濕衣袂欄外桂香空亂翻

時事雜詠十五首

厚於雲

吾　皇聖德厚於雲欲拯婦人老弱羣使者旌旗臨敵塞勸降先問露將軍

惡朝廷

垂簾母后側晉聽暴國使臣論正經世上是非多若此人間敢滅惡朝廷黃植亭曰二首溫厚和平中道出聖心慈愛敵國暴橫使薰蕕意景躍然紙上而神味亦極清遠又是別成一格

紀戰四首

蛤蟆塘

車顛砲碎血玄黃斃馬縱橫谿谷荒風雨蛤蟆塘下夜

神兵夢更向遼陽

南山

半島北門第一關金城鐵壁是南山皇軍突擊兩三次
手擢寶刀斬虜蠻

得利寺

新戰場空亂骨堆陰雲殘日照荒臺與君怯說當時事
一萬露兵飛化灰

大石橋

撼地砲聲晚始消胡營列陣驚旗飄豈知飛將夜興旅
追北直過大石橋黄植亭曰聲餘於意意餘於詞雄邁高渾力能屈鐵直使滿洲戰捷景況歷歷如在目前而筆端尤饒有古氣颯爽凝秋大足壯入胸臆

山東對州海捷四首

陌上童兒拍手欣捷書新自九天聞秋風八月山東角

日本海軍破露軍

堂堂敵艦廿餘連亂若疾風捲葉然不怪敗殘二三片

飄零齊北楚南天

對州北望陣雲寒戰罷海天不見山唯有魚龍戲沈艦

將軍日暮逐胡還

二月旅仁奏功後浦鹽艦隊尙依然今朝一擧碎南北

始得能收制海權黃植亭曰力厚聲高氣魄渾雄楮墨間如觀對島海戰大破敵艦隊勢若疾風捲葉妙在首首俱從旁人說出拍手歡呼尤覺精神十倍所謂畫舫疎簾看奕棋者秋風八月山東角唯有魚龍戲沈艦是絕妙好詞

進不休

鐵鞭橫斷鴨江流分路並行進不休肅肅天兵三十萬

旌旗直指古遼州黃植亭曰堂堂之陣正正之旗落落數語無一閒字無一弱音恍惚間如聞千軍萬馬聲蓋神乎技矣

膽如斗

夜雪狂風濤吼駕孤艇近港口電燈閃敵有守彈如雨落前後大聲叱海若發砲不運手雷彈一中的峨艦粉齏剖水軍將士膽如斗出没變化似神母再戰能使旅順空極東總督棄府走

瓜將軍

敵艦在仁川我艦包其外砲煙咄嗟起訇訇動暮靄一艦自焚棄一艦沒渦瀨嗚呼俄戰艦不戰卷旌旆嗚呼瓜將軍萬人仰勳帶

陷遼陽

遼陽天下險露軍天下强屯兵二十萬積蓄半星霜坐以俟遠客勁敵未易當王師噫何勇長驅征邊場激戰十二日遂能陷遼陽戰局勢漸定自此得小康所願逐醜虜斥之滿洲疆放之黑龍外奏凱報吾　皇

萬歲歌

右隊既踰太子河左中兩翼下山坡朝來掃敵秋天碧唱出　天皇萬歲歌

臺灣神社二首

山秀水清處橙黃橘綠秋圓山拜祠廟追思淚空流

沙河新會戰俄虜近殲亡快事如斯少九原欲起王

天長節四首

垂統百廿一開國三千春文武長恬熙草木浴惠仁樹

國雖云衆我邦最日新借問何以爾悠悠有源因上有
聖明主下有忠良民
欲制暴俄暴遂興問罪師既拔遼陽守彝以旅順圍鐵
艦不足碎金城皆靡披擧世稱忠烈　龍顏亦怡怡而
我將卒謙以功歸天威
今上初登極　聖算十六年内外亦多事境域未安全
僅閲卅七歲文明無之先德政洽四海威武覃九綖征
俄雖未畢誰不樂仁天
紅葉有楓樹黃蘂又菊花幽麗日下耀清婉霜外斜勇
士戰邊塞芳名傳萬家競秀楓菊美共映九重霞今年
天長節潤色輝更加

紀戰雜詩十四首

彈煙蔽日塞天曇白刃如花戰正酣暮夜前軍傳萬歲
旭旗又上二零三

霜隕原頭白草寒懸軍追虜路漫漫遼陽北去百餘里
漸見奉天一帶巒

川原蕭索動高粱一劍秋風邊月黃今夜與君同熟睡
明朝殺敵定何場

萬里逐胡赴戰塵平生未解憶鄉親玲瓏今夜營頭月
愁殺倚門白髮人

堅冰昨夜鎖沙河車騎縱橫水上過極北卽今堪用武
何時立馬奉天坡

俄艦遙遙指帝鄉先鋒早已到紅洋王師廟算成來久
一任敵軍擇戰場黃植亭曰關心時事暢所欲言氣實旺而神仍閒筆欲花而情如寄行間

又具一種從容不迫之概足徵涵養深純

隔水兩軍起幕營夜來砲罷氣澄清滿天星影馬嘶絶
一道急流冰裂聲

月白千林落葉稠淒風驅馬朔方秋連衡斥候暫停轡
前路蕭蕭蘆荻洲

肅殺金天萬里秋月明如畫寂寒流敵前亦有故鄉樂
一雁高飛過戍樓

連山樹斷陣雲平水上敵營動旆旌此夜哨前森不寢
曉風吹月落江城

曠原草滿石崚嶒極目山河閲廢興憑汝欲尋盛京迹
夕陽煙雨十餘陵

暴國驕兵歌大風公然爭入祖宗宮畫簾繡柱君無問

九域江山徒自雄

鄰邦幸逐虎狼民廟路纔能闢棘榛今日尙聽李爺策

黃河以北屬何人

歐西數國背盟辭中立聲明彼一時不怪清宮逸俄吏

吳淞夜黑雨絲絲　黃植亭曰以古勁之筆寫遠征之情蒼涼悲壯畢集毫端其思路亦如萬斛清泉隨地湧出

鞍馬　聞橘少佐戰死作

主人朝載出鞍馬暮空歸彈轂紛猶在血痕腥未晞臨

風嘶落日振鬣近殘旂狼藉戰場草荒荒帶斷暉

拔刀　聞旅順白襷隊進擊之報作

拔刀衝敵壘躍入塹壕間兵氣動天地彈光照手顏硝

煙開鐵網星霧陷金山俄虜退三舍皇威振百蠻　黃植亭曰

古氣橫秋寶光四溢其蒼勁處如聞兵馬奔騰之聲

甲辰歲暮懷人四首

荏苒歲云暮遊人猶未還茫茫蒼海水杳杳故鄉山既盡客中涙空思堂上顏何時掛帆去日夕侍柴關

艱苦不相厭乾坤弟與兄溫容常夢寐封信問枯榮隔地雙紅涙同根一紫荊何堪原上雨寂寞鶺鴒鳴

懷哉方外客負郭托高蹤庭植二三竹門連千萬峰霜崖紅葉滿石逕白雲封仙路杳無極斯人未易逢

昔爲河上別今識遠從軍劍吼帳中雨馬騰塞上雲丈夫生許國史策貴垂勳誓必平俄虜千年清惡氛

黄植亭曰寫景抒情渾樸古茂淋漓盡致婉轉關生第二首則感慨悲歌一字一涙如聲聲河滿子讀之亦爲黯然

明治三十八年乙巳 二十八歲

一月二日旅順陷作長句紀其事

君不見旅順要塞連天起鐵艦扼海人濳壘坐控渤澥制淸韓雄風壓倒千萬里從自王師破水軍俄將增築堡壘羣指揮精兵據天險斯轍西名天下聞大軍況在奉天北首尾相應擬張翼勝敗未分鼓鞞急車馬縱橫煙塵黑神州大將氣呑胡壯士十萬臨城隅摐金伐鼓日日旺挺戈開砲夜夜呼壘上敵兵俯瞰射連陵逶迤銃砲架前植鐵網側塹壕地雷狼穽施巧詐我兵雖勇未遽前包圍計定或遷延全軍突擊凡四次始克逞意陷中堅陣前一夜砲煙騰天地訇訇霹靂崩敵壘穹窖忽粉齏胡營殺氣尙憑陵亂射彈丸急於雨擲下炸藥

輕勁弩伏屍成丘鮮血紅塞下妖雲戰方苦男兒要在殉國恩暴骨坑道何足論提刃飲血踰骸屍躍身直入堡壘門前者既仆後者斃貴官纔亡賤官繼衆兵蓦進若驚濤校尉叱咤更激勵右翼强取爾靈山殘艦熸滅港灣間龍山松山相尋陷望臺以北絶虜轡虜將能防且能戰倏忽變化如飛電事急幕中會部僚降乎戰乎諮諸彥悲憤慷慨髮衝冠虬鬚皆張裂眦丹曾報俄皇誓死守願爲俄皇回頽瀾部僚感嘆掩面泣無奈部兵疲禦襲嬰城八月彈已空水陸援兵共不入扶桑　天子聖如神閫外將軍威且仁我輩一死非所惜部兵三萬忍委塵孤城落日百戰後面縛齊降旅順口缺月夜懸敗壘旗悲風吹折戰場柳王正二日午鼓鳴我將引

虜水師營攻守使者執手語開城規約同日成嗚呼旅順絶餘喘赫灼皇威宇內顯借問何人奏斯功海有平八陸希典黃植亭曰一起直從空中擲筆而下力大勢雄中間歷敍攻擊陷落景況如急絃緊板時手不停揮聲光四溢極得壯快淋漓結末則收到全神喬皇莊重層次旣整制局亦清尤妙在處處塡寫實事無一踏虛無一雕飾的是古風正派可爲近時模範也

廣瀨少佐少佐烈死後贈中佐爲吟詩而作

杉野杉野汝何在索自艙內至艙外再呼杉野風怒號三呼杉野淚滔滔艦不足惜士可惜涕淚吞恨下小船敵彈一發照夜紅鮮血濺衣帽在空君不見壯烈無雙廣少佐敵軍聞之膽先破天明海平昇紅暾敵軍厚禮葬忠魂

訪陸羯南翁于鎌倉十二月十四日

嚴冬問病到鎌臺最喜南軒暖日來仍憶今春湯谷路（二月初五予訪翁于湯河原）同看籬角數枝梅

明治三十九年丙午　二十九歲

詠牀頭芍藥花

街上買花廳上栽紅粧妖豔撲眉開相貽男女干何事
我替他家發怒來

明治四十年丁未　三十歲

丁未新年作三首

旭日曈曈壓海東今朝先喜帝威隆回頭四十年來事
萬里車書應混同

玉勒金鞍車馬紛縞冠襴服映春雲分明昨夜宸宮上
天子親臨賞首勳

松柏蔥蘢上苑霞春風偏入萬人家寥寥寂寂儒生宅
亦見紅旗竹外斜

羯南翁極樂寺村庵新成訪之偶題四首 一月卅日

數間茅屋越村東萬里海山連砌櫳林斂游雲啼鳥靜
潮翻落日斷霞紅

庭無脩竹又無梅不見瑤華繞屋栽青靄渺茫短籬外
臨風一笑嶽蓮開

門前流水夜潺湲屋後幽林雲自閒余亦何時遂初志
窗中盡日對青山

七里瀨頭卜築初滿山松種影扶疏請公更待成龍後

夜月天風聽步虛

羯南翁有和竹井星川見寄之韻詩詩云萬里壯遊事已休閒居養病二經秋松間白屋東南向海上青山日夜浮草木何求三島藥煙波不羨五湖舟都門十丈風塵惡此地清幽堪淹留予亦和之

山林尙未賦歸休奔走京塵十九秋空抱遺經魯壁匿欲彈長鋏海槎浮松間白屋堪容月波上青蓑好買舟昨日殷勤枉尺素夢魂直向此中留

送桑原北洲隲藏學士遊學清國學士專攻東洋史

欲尋禹穴跡萬里向西鄰一棹辭東海何時入古秦帝陵春樹綠蜀道錦花新遊弔眞堪羨歸來重話親

春興三首

堂前堂後皆櫻柳一逕僅餘苔石中無賴遊蜂點蛛網

等閒狂蝶入花宮映階脩竹娟娟淨低樹晚雲冉冉紅
放課鄰童底多事逐雞嗾犬短籬東

四月暖風天上來殘紅漸少綠相催飄然此日出門去
濶達平原當面開處處花輕飛蛺蝶時時麥秀見樓臺
何人同藉蓬蒿坐暫醉青郊濁酒杯

閉門獨坐春風裡稍喜朝來生事稀多謝鄰人勸曲突
漫栽嘉木息塵機蛛君結網堂堂去蝦老誦經閣閣飛
明日幸逢新雨下南湖垂釣臥松磯

淵明歸去來

彭澤歸來松菊閒衡門常鎖白雲間平生有此園林樂
何事先生初出山

蓮露

紅蓮靜立雨纖纖葉露欲圓團又尖風裡不成明月玉
花前散下水晶簾

看雲

林外鳴泉濺濺然何來枕上墜風蟬先生忘卻浮生事
白日看雲樓上眠

間瀨村多象樓二首

濯足來登多象樓洪濤百尺接瀾流展開望鏡望天外
一帶青山是佐州

萬里秋風海色寒千帆無影湧紅瀾佐山斜日看看沒
多象樓前獨立看

丁未秋懷五首

寂寞園林秋氣澄梧黃霜白月稜稜前軒驚葉韓刑部

窮谷隨猿杜少陵阜櫪猶堪安駑馬青雲何必羨高鵬
千年得失期身後夜閱簡編頻近燈
昨夜秋風動碧梧經年落魄尙江湖陸生入洛文無價
蔡子遊吳枕有書汲汲簪纓非汝計悠悠天地是吾廬
起窺明月藤蘿底萬斛清光滿太虛
萬里西風吹隴岡雲飛葉落雁翱翔幽閨砧斷凋楊柳
紫塞骨枯行虎狼白髮倚閭夢岑寂淩煙畫閣迹倉皇
無情一片中天月不照邊關照玉堂
列國盟成靜海波禁城秋色鬱嵯峨一時將相爭冠蓋
此日寡孤空薜蘿黃菊丹楓新邸第荒煙白骨舊山河
浮雲世事無窮極自恨生來涕淚多
清秋鶴駕發東瀛聞道今朝入漢京將見鼂鼉遊海島

已傳貔虎宿行營倭城臺下陣雲合敦德宮邊曉月清
昨夢新開日本府幾時白馬朝秦嬰

染井陸羯南先生墓下作

慟哭一聲向九原不知何處弔英魂文章每仰風霜節
德義又兼師父尊平日恩情以何報他年心事與誰論
蕭條來拜隴岡下黃葉滿山秋雨昏

大塚郊上

天碧秋雲澹不飛石林斜日鳥空歸幽人獨立寒郊上
蘆白楓紅繞薜衣

送小林士維久平之米國士維嘗教授清國長沙遊巴蜀二首

蜀山楚水費冥搜濯足還乘萬里流男子遊蹤快如此
一生莫道壯心休

遊子乘舟泛海洋臨行惜別酒樓傍白雲紅葉秋堪畫
想汝西天卻望鄉

明治四十一年戊申 三十一歲

何蘭士畫山水歌爲桂湖村五十郎賦蘭士名道生字立之蘭士其號清國山西靈石縣人乾隆五十二年進士官九江太守有政聲云一月六日

湖村漁隱屋數椽滿屋古器與古編講帷歸來日展玩
風流似坐米家船一夕示我淸人畫七尺素練壁上挂
道是何蘭士之筆筆底江山走靈怪倚軒忽如無畫圖
咫尺突兀現蓬壺層巘疊嶂相蹙迫矗立晴天臨平湖
朱廊崖寺萬松古下瞰千帆影糢糊別著一閣出樹杪
水光山色俄有無最工遠勢水屈曲湖雲半斷山連屬

浦浦短樹小於薺渺茫煙水天共綠煙樹以外又置山
嵂崒嶔巇霄漢間得非崑崙玄圃湧何處巨靈劈之還
君家棟梁插邱壑君家屏障霧噴薄墨色淋漓畫有神
宇宙元氣鬱磅礴吾聞蘭士守九江自擲私貲救黎氓
內懷仁慈氣剛勁生長并州河嶽邦胸底奇蘊托彩毫
驅使草木裂波濤知雄猶能藏其銳筆致溫秀雅且高
其人與畫皆可見拱璧唯當抵寸練李范倪黃空悠悠
迨見此圖如接面方今海內重油繪雖巧不出形似外
誰論東洋畫趣眞況又畫家德行異讀畫品詩引盃同
雙肱拄頤腰如弓更闌欲去又剔燭飄颻魂飛五湖中

大塚僦居

護國寺邊溪水傍竹籬半面一甎堂僦居不問市廛近

且愛芙蓉嶽色蒼

春日偶題 三月

笑我中年壯志空晴耕雨讀倚林叢處貧如富何思富
視達同窮豈厭窮霞色漸催井上柳鳥聲全滑花間風
蕭條有似廣川宅日日猶窺小苑中

小苑卽事

霏霏三日雨小苑恰開扉黃鳥猜人去紅梅濕不飛

遊護國寺

剝落丹青宏殿空斑鳩啼上繡簾櫳麗人昔日敷金地
總付兒童毬戲中

道上見砲隊過

砲車堂荅暗塵埃天上鳴飈地上雷馬是游龍人是虎

郊原知是習兵來

目白臺女黌卽目

楊柳青青桃李紅鶯鶯燕燕語東風華山寮外春方好

華山寮名女伴相攜步苑中

池上村競馬

池上村邊碧草齊春來馬埒鬪風蹄紅塵一道影明滅

花蝶追隨雙騄騠

觀櫻花三首

二重橋

雙橋橋外麗光催天上鶯花錦繡堆宮殿森森深樹裡

彩雲飛處是蓬萊

參謀本部

御溝春水碧如油雲淡風輕睡白鷗一帶黃金楊柳上
綠煙插閣是參謀

英國大使館

大使館前驕玉驄不知何處好春風門墻萬樹花如錦
立盡鶯歌柳舞中

大塚高等師範學校諸子別筵口占

武堂置酒興何奇堂外梅花三兩枝天下春光從此始
莫忘風雪冱寒時

冬夜步月書懷

寒柝中宵旅夢驚起行天外雁孤征月臨樹杪寒無影
水湧澗泉鏘有聲上國山河空在眼故園桑梓幾傷情
何時脫卻風塵累長樂寺邊事讀耕

豹軒詩鈔卷四

豹軒詩鈔卷五

北越　鈴木虎雄　撰

明治四十二年己酉　三十二歲

己酉正月將赴任京都　時任京都帝國大學文科大學助教授　二首

短檠耿耿照陳編題柱忽經二十年固欲文章報家國
總於寵辱如雲煙鐘聲月色鳳城曉喬木寒陽洛水邊
借問梅花何處好春風一路向西天

昭明文物軼周時扢雅揚風屬阿誰錯彩鏤金皆月露
評紅品紫盡鉛脂不知禮樂何王政多識蟲魚亦我師
至教固當從內始臨行唱出二南詩

上御靈僦居四首

門前聽流水窗外見青山不識風塵事白雲時往還

連山餘積雪青白映林端樓上捲簾坐一峰當面寒

江頭餘老柳觀水薄陰時欲去聊還佇幽心獨自知

隔江多竹樹加茂是閒村日午聞雞犬參差見白門

贈人

鴨水鳴寒玉東山落照多渡頭相待久君子近如何

西京過禁苑作四首

殿角淸高肅碧空山川繚繞紫宸宮日高麟鹿來階砌

霞麗鳳鸞棲椅桐自古衣冠朝洛北于今玉帛向關東

翠華時節猶來往四海雍雍刑政同

雍雍海內一家春卻憶昔時淚滿巾漢室暮年困外戚

唐家中路奈藩臣劉嬴李趙終無改藤橘平源迹屢因
深識龍爭由此地幾依紫氣望宮闈
萬世綿綿唯一王乾坤無地比邦光由來禮樂稱唐漢
豈敢慈仁數舜昌宮殿柳花霞繚繞林園水石鳥翱翔
金輿玉輦曾留處恍憶珊珊鵷鷺行
鳳銜聖詔出皇家二十年來感更加天下諸生無氣力
閨中少女競鉛華雉經桑畝尋常爾胥溺巖泉善惡耶
風教如今堪痛哭宜秋門外誦黃痲

桃山城墟二首

想像金甍昔日隆依然形勝望無窮亘椋池白浮天上
愛宕山青插樹中九國風雲驅豹虎一朝歌舞醉簾櫳
豪華固是英雄事土木何嘗累乃公

蓋世業成收楚弓聞曾金殿會羣雄丹青傑閣芳煙裡
草木荒臺夜月中舊燕歸來餘斷礎新花開遍失鳴驄
城門撤去近祠廟行客長思太閤風

金閣寺

將軍霸業已成空鹿苑猶餘古寺雄金谷林深芳草綠
銅臺歌散夕陽紅松舟石馬水聲裡綺閣幽亭山色中
歲歲九州羣士女來遊此地對春風

等持院村途上

金閣朧朧望欲迷千年喬木古原西黃昏一路蘼蕪雨
衣笠山前戴勝啼

過柏原鄉

玉欄金扉護石燈內園砂淨不懸繒數枝桃發松楸外

黃鳥喈喈　桓武陵

遊葵橋詩 幷序

京郊下鴨里糺林南鷹鴨二水合流爲叉口叉口西北鴨水之上葵橋架焉明治己酉仲夏某日宿雨始霽景物暢茂余獨往遊上橋北望淸川南流左長堤亂松豎髮右叢篁鳴瀨振環源連疊嶂千峰競秀天宇雖澄朗而雲霞蒸蔚幽奧難窺堤西則村野麥隴瓜區雞鳴狗吠機杼之聲與閒碓疎鐘之音相間其外崇嶂高阜挺然崛起篁東則比叡如意抗碧標於雲間壓衆阜於天表層崖峻壁聯屬南奔時晨旭初

昇流靄未散裂光回照形象萬變實是西京山水絶勝之處矣余俯仰泛覽樂而不能去嗟夫斜川蘭亭晉人有記余亦托翰墨以攄一時之興懷云爾

自爲洛陽客每愛山水美勝槩豈不多探討少適己今晨微雨歇行邁鴨河涘墟落何蕭疎新漲何瀰瀰柳渚薫薔薇麥隴飛鴿雉雞犬斷續聞機杼左右起南遵鞍馬堤西眺下鴨里葱蒨叢竹上巍峨叡峰峙雲霧闔復開蒼翠鬱邐迤漸至葵橋東潺湲橋下水糺林初上日回光散紅紫晴川引素練渺接北山趾山北山更重山山各相似淨碧遠近峰屏障繞杖履昔賢遊此間懷哉幽棲子欲去且徘徊魂飛白雲裡

遊宇治五首

賴政墳二首

鳳皇堂外插秧歌細細新苗風裡波欲問英雄埋骨處
田間樗老夕陽多

亂水淙淙向北流青山喬木至今愁尙有村人標舊蹟
三尺孤墳倚小丘

喚舟西渡欲至稚郞王祠

蘆蒲洲外喚扁舟行客爭乘古渡頭揚揚長老操篙處
兩岸青山動欲流

回望平等院

青山漠漠樹蒼蒼隔岸鐘聲又夕陽塔影已橫江上水
彩雲猶照鳳皇堂

浮舟亭西房觀螢

暮雨來江上林巒忽有無雲霞收夕麗樓閣滅殘暉風外流螢亂洲邊鳴蛤微何人蘆荻逕提得竹籠歸

陰雨

陰雨冥濛六月寒柴門無客出門難聊防行潦疏溝洫不護狂風倒菜欄經卷滿篋蟲糞積香煙盡日篆文殘一笑鄰童相對語樹上梅黃箇箇團

大原村朧泉傳是法師良暹詠歌之地

昔日林泉跡已非四山黃葉遠依稀門前獨立望平野依舊村村帶夕暉

寂光院

石徑紆餘行客稀山門手啓縛繩扉巖泉幽咽寒煙合

汀樹凋殘夕鳥飛鳳輦不來秋寂寂仙龕尙在月暉暉
淒涼忍說湘君怨澗戸長懸翟茀衣

題靜處碧樓

東皋詩老在左右盡田園流水斜圍屋靑山正對門看
雲忘日月種藥養兒孫時有王裴客欣然開酒樽

靜處寄詩促登天台詩云君家望台嶽吾家望台嶽台嶽望嵯峨朝暮白雲多日出飛鳥翔千里秋色高何當淩層磴同賦登臨興乃酬

日日相見天台山相見不厭天台山秋來天台山更好
明朝且上天台山

秋日同靜處山人自白河登天台四明峰薄暮
下到坂本

日日住城市空望四明峰今旦遇佳節轉見山色濃柴

門訪好客同攜登山筇一水屢回折數里聞疎春伐石
夫時會採薪婦或從寒花開細路峻壁秀喬松孤亭釋
謝展南湖瞰秋容森森絶壑底萬木禎翠重晚到高頂
寺朱殿雲欲封誦經隔畫簾笙簫和雍雍心逐紫鳳去
緣隨俗子蹤道院借燈火石坂披蒙茸下山重相顧唯
聽溪水淙 磯野秋渚惟秋曰五言古風筆力透脫掃除一切障碍澹遠幽秀自然高調

春畝伊藤樞相公輓詞二首

憶昨旌轅指朔遼秋天萬里氣清寥雁寒邊塞夢猶穩
蓬斷戰場魂易消欲把丹心酬聖代何圖碧血灑今朝
關山草木皆搖落哀怨精靈不耐招
靈柩遠從遼朔回蕭條舉國慘含哀青山此夕埋香骨
白日千秋照夜臺伊呂人言堪配敵管鮑誰識信憐才

西風寂寞滄浪閣一代英雄何在哉磯野秋渚曰悲慨之言又極沈雄弔
偉人不可無此大筆

明治四十三年庚戌三十三歲

庚戌新年作二首

正月春王天下平嬌兒繞膝笑顏輕西東三十三年客
今歲今朝在舊京
門掛靑松與翠筠無能無害一天民向東獻頌梅花下
比叡山南始遇春

溪梅霽雪圖二首

溪曉逢新雪扁舟載酒來春潭千丈綠上有梅花開
清溪三百曲曲曲盡梅花鶴飛不知處唯在梅花家

宇野君哲人歸自歐洲友人六七邀飲鴨涯

相逢先一笑萬里故人來京洛山河好請君且盡杯

送石橋君五郎游學歐洲

奉使觀西土遙遙萬里餘若逢山水美時寄一封書

吉野懷古二首四月

君王昔日狩南山何事六龍終不還歲歲花開陵下路
空隨流水向人間

林園寂寞倚崚嶒誰意此中葬萬乘花落鳥啼春欲老
微臣淚墮延元陵

須磨

海驛蕭條無限春平門殘壘久成塵多情唯是萋萋草
故傍王孫冢下新

明石人丸祠

嘗誦國風見宏辭一篇文字萬年師吾今來謁青山上
燕糞飄零歌聖祠

明石海濱

歌聖祠南岸盡頭春潮如雪起輕鷗汀邊不用向人間
霞際青山是淡州

明石途上

春風斷續送漁歌處處花飄點網羅沙白松青三十里
直從明石至須磨

詠舞子浦松

青雲之袂白霓衣上界仙人下界歸一夜月明吹笛去
淩空萬里老龍飛

先考十五年諱辰述懷（五月四日）

學官今托籍德業兩茫然何以報泉下悠悠十五年

相川判事（名勝藏號竹川外舅羯翁之友）示退職作七絕一首（詩云荷葉松花衣食足江湖放浪養殘身五噫今日不須唱聖代能容無用民）命和因呈

荷葉裁成袂松花炊養身前生老判事新作玉皇民

梅雨即事

濛濛連日雨小苑鳥來稀擎玉龍孫出點金梅子肥白魚繙帙走黃犬卷帷歸學步攜嬌女少晴候晚扉

送內藤（虎次郎）狩野（直喜）小川（琢治）富岡（謙藏）四君航于清國（八月）

聯翩四客駕飈虬破浪共成千里遊酌古風流尋汲郡

採書事業問桁頭別時蟬噪鴨沂夕到日霜飛雁塞秋
子弟海東相待切燕山雖好莫稽留

即事

黃昏人去後木履繞園行幽事不煩婢閒吟伴有甥縛
梢容月色留草護蟲聲佇立牆陰處滿天風露清

聞韓國併合條約成六首

明治御宇卅三年八月鄰邦解倒懸 神后以來無此
事韓王自請獻山川
勿道雞林是附庸西鄰猶視一提封自今邊境知無恙
長白山高絕塞烽
不見青衣行酒人國王尊爵册封新紛紛禪讓休相比
聖德本來唯擴仁

借我黃金十萬斤豐碑嶽立鴨江濆大書名姓方三尺
欲勒戰征將士勳
箕子山川落日空君王悅服大臣同可憐五百年天下
卷在黃麻一紙中
傳聞玉馬去朝周一曲黍離誰解愁鴨綠江頭無限意
千年只有水西流

叡山山行

秋天轉寥廓層嶺試登攀遠近湖山淨高低草樹斑舟
行平浦外鳥喚茂林間精舍知何處樵人肩斧還

庚戌天長節頌

巍巍穗峰　天孫降臨奕葉濬哲首迪敷忱聿追　神
武蕩滌氛祲奠京崇祀國基鴻深　今上登極恢弘祖

烈誕振乾綱擢用邦傑憲立教成文武不缺庶績咸熙
萬方喜悅彼昧鄰邦未知聖謨攙亂玄菟震驚韓都
皇命虎臣一掃妖區奏凱振旅告廟獻俘維强在朔包
藏異圖再侵韓境若虎負嵎哀矣生民跂徯來蘇　皇
命貔貅往濟無辜維此陸師陷塞乘障橫冒砲磧進奪
兵仗蹀血踰屍軍聲益壯維此水師風襲霰攻洶洶鰈
海峩峩艨艟一擊粉齏波瀾搖空　皇曰爾巖平八希
典暨汝將士克致忠謇小弱是扶大憝是剪是爾之功
不揚不顯褒錫維均帝猷允展卌有三載韓獻山河思
帝之誼侯寧侯和沄沄鴨水婉婉龍坡帝土已廣帝民
亦多茲遇聖節秋日熙熙楓丹菊黃緩起細颸西有朝
鮮北樺南臺萬歲其聲響應丹墀於懿帝德軼姚駕姬

覆載天地靡攸不施小民有頌敬作此辭

庚戌歲暮作四首

蓬萊島

君不見蓬萊島萬古見扶桑上拂青天下蔭地棲宿雙鳳凰碧海彩雲滅紅日上朝岡宮殿玲瓏樓閣出白玉欄干金作廊樓中仙人睡未覺枝上棲鳳夢尙樂陰風自西來飄颻金銀臺有鬼面渥赭猩紅朶裂腮雄劍揮若電欲屠鳳凰胎彩頸望在眼已攀若木枝天雞一唱鬼膽沮仙吏縛之投囹圄縛之斬之鬼亦多嗟嗟奈汝惡鬼何

少年子

君不見昔日少年子蓬頭亂髮曳敝履唾手直欲奪將

相講論不必屑書史才智雖疎膽氣豪臨危身命輕鴻毛廿年風氣如轉燭慷慨誰唱回瀾曲東家少女顏如花金釵繡衣垂紅紗西家少年見憐憫相思纏綿不能忍一旦相期西陵邊共指南山松柏連嗚呼丈夫空爲鑽隙賊借問神州今何國三韓已化爲藩邦搏擊當鼓垂天翼草蕭蕭兮野茫茫開拓萬里待汝力

東家主

君不見東家主昨日贏得百萬金臨海新築侯王宅平地崔嵬起園林朝來置酒彈絲竹左右侍妾顏如玉畫欄斜插剪綵花粉壁平展鳥花軸平康招來歌舞妓鳳釵繡履曳霧縠西家有貧人妻甘糟糠兒露身東家一日廐馬費半歲可以充米薪西家誨子善仕宦爲卿臣

東家癡愚男與女女失貞節男巷處昔時金玉滿高堂
一朝荆棘生破牆綺羅散作春花草水石廢殘煙月荒
貧富或有時賢愚人所爲仰天唾天還自唾榮枯何所
悲君不聞世間富翁一擲萬金購書畫未聞爲我兒孫
聘良師

慕古人

歲云暮矣促陰陽獨坐幽室進餞觴急霰散亂入破牖
烈風颮颮吹凍牀起視天上星漢爛鴻雁哀鳴月照霜
北越書生西都客三歲叨覯成均光夜閲文史排書幌
且挾縹帙登黌堂師友凌轢董賈匹交遊目短韓杜牆
公孫東閣恥竊入孔宅複壁甘深藏鞭撻駑駘追雲日
未免湜籍走且僵今夕何夕歲將盡青燈耿耿夜未央

追想往事思來事心慕古人不敢忘

明治四十四年辛亥 三十四歲

有梅

有梅二章一章八句一章四句

有梅有梅在澗之沚粲粲其花月輝千里澗水悠悠白石齒齒我來臨之流影不止

思哉君子隔彼雲端思而不見慨言永歎

洛陽遇碧梧桐 君善俳句周遊海內著書紀行名曰三千里初從正岡子規奉爲圭泉今漸已變 二首 二月七日

珠玉新篇滿錦囊三千里外杖鞋長相逢今日勸春酒綠水青山古洛陽

神韻說成生性靈縱橫機巧脫先型不知君在子規子
莫似隨園變阮亭

春日雜詩五首

閉門三日聽黃鸝早見梅花下數枝昨夜江南春雨暖
一時楊柳盡金絲

江堤雪盡草痕斜落日歸牛半帶霞多少翠鬟楊柳下
春寒淺瀨浣紅紗

鴨河東岸柳千條遠映樓臺近映橋更愛長堤芳草外
四明山色碧迢迢

林林啼鳥弄春風戶戶傾耕男女空雞犬不鳴村巷靜
桃花亂落近牛宮

祇園柳色雨中見長樂鐘聲花外共與聞行人領佳景

青山一片賴襄墳

詩仙堂二首

高士幽棲處春風亭午時鶯聲猶密竹雲色自清池坐檻閒花下登樓綠野滋詩仙三十六一一是吾師

馳突千人廢來歸麋鹿班行歌城市外解劍牧樵間寂寂花流水亭亭月映山萬乘呼不起高臥鎖柴關

病中寄京友

綠草紅花春色闌憂來何處更無端清時自愧詩才少多病誰憐藥骨寒林外鶯聲圓恰恰天邊柳絮皓漫漫憑君欲問京中信手軟眉垂執筆難

贈牧野君 名謙次郎號靜齋又藻洲三月

四運更代謝陽春倏來臨青草抽郊野丹葩耀園林輕

靄散遙宇和風翻麗禽惟予擁宿痾荏苒廢書琴誦到江湖信驚怛痛素心乾位紊名分褒貶混慭忱以此訓童稚令甲忘規箴一二鴻博輩牽强助詖淫國基必搖蕩哀哀淚滿襟賴有數君子憂世情何深正僞由以辨天日消翳陰高義薄霄漢淑德夙所欽朝來坐南楹黃鳥送好音想像當日事不覺動悲吟蕪辭附鴻鯉鄙誠在高斟

送織田鶴陰萬博士再遊歐米次其留別韻六月

驚濤六月駕天風使者征軺淩碧空大漠雲黃時射鵰扶桑日遠不聞鴻縻州刑政誰長策亡國山河幾寓公觀自東邊到西極想君著論往來中

石隱歌次長尾雨山甲原韻

桃花山人遊滬臨歸雨山老樵托寄一詩卽石隱歌者也讀之愴然傷懷次韻以贈

老樵

桃花山人申江來錦箋一幅爲余開雲氣洩洩失屏障五老飛峰忽崔嵬中有一洞神光赫日月照耀金銀臺臺上彷彿坐仙士左右磊落玉壺堆雨山老樵天邊客乃今何以見丰裁問之山人化石隱洞裡悠悠唯銜杯奈何龍蛇遂長蟄滬雲西望永傷懷木蘇岐山曰名句俊語鬱鬱芊芊之氣見於毫端固已逼人是豈可與泥筆墨蹊者爭工拙哉

鼎折二首八月三十日首相桂公掛冠西園寺侯代之

誰道吾人無世憂深衷往往異時流前賢治欲先名教俗士利動爭伯侯國賦徒追羊炎桑弘羊楊炎迹黨朋難免

李牛儔傳聞鼎折羹新覆落日蒼茫獨倚樓
九天風露灑林皋萬里泬寥秋色高豈有龍蛇深澤伏
已看鴻鵠碧霄翔諸生謀國時無識宰相濟民宜服勞
公等致君堯舜上何妨吾輩笑持螯

秋曉

稠疊峰巒宿霧紅太陽欲上影曈曨溥溥白露降遙野
切切陰蟲咽短叢漱玉井欄秋氣冷揮塵窗紙曙光通
可憐滿苑羣芳歇銀桂花開一夜風

月夜

相國寺鳴初夜鐘月懸三十六高峰悠悠欲沒靑天雁
落落相看白屋松幽窟薜蘿藏罔兩淸渠風浪起魚龍
自驚光景隨秋改難駐平生紅玉容　木蘇岐山曰比興邃密澹麗可歌作

者天才綺鍊逼眞溫李

御靈

自卜宅鄰御靈祉春櫻秋菊幾回爛門前一曲淸泠水樓角千重翠碧山官道行車隱隱度坰郊牧馬緩緩還每于公退恣游目雲片亦爲吾輩閒木蘇岐山曰作者不慕榮利蕭閒自放故其詩有翛然遺世之想律體拗折則全規橅少陵

早秋

秋風一夜入郊墟氣爽天高露結初霄漢早聞新雁度池塘尚見晚荷餘桐枝蕭索多容月燈火青熒好讀書籬下候蟲催促織室人相戒補衣裾

七夕

盈盈一水遠相睎歲歲雙星約不違銀漢波橋經鵲渡

玉繩香帳鎖雲機相逢此夕還分手復到來年又款扉
尙勝人間離別苦鴛鴦亦有永孤飛

中秋二首

青林浮露氣皓月在雲端今夜中秋節百年良俗殘迎
光杯酒席供客栗芋盤兒女俱翁媼笑語影團欒
草際露初白已看月在天偏憐魂魄滿逾覺兎蟾鮮思
婦機中織征人塞上眠家家多少感同仰玉盤圓

病中對月二首

今夜清秋月病中唯獨看羅帷冰皎皎竹檻桂團團已
度前峰轉猶浮遠樹殘更深衣袂薄露氣不堪寒
一片嫦娥影來臨臥榻端怡怡如欲笑默默徒相看玉
闕憐卿獨茅堂奈我寒儻憑仙斧斫散落桂花丹

月

良辰待月自黃昏早有微明遙嶠屯圓景漸偕團扇滿
流輝更若素波翻清飈穩送應天闕絳氣高浮建禮門
無復昭陽望幸者相如閒殺茂陵園

南樓翫月

園林雨霽夕氛收明月娟娟映素秋已有清光侵露砌
漸看皓彩透羅幬寒同千里飛銀鏡圓足十分騰雪毬
憐汝惠然窺嘯詠庾樓顏色滿吾樓

呼妻女姪等聊復助興二首

蕭槭秋風樹動柯雲間月出影生波茅簷攜女指蟾兎
冰殿戀夫憐姮娥若有瑤梯宜躍上便攀仙桂飽撫摩
玉盤徐向西方輾拍手高吟白也歌

冰輪高掛在虛空皓皓清輝幽顯同跳趯社邊狐狸竄
屈强淵底鰐鼉窮釣天廣樂誰張設寒殿霓裳幾始終
呼取孟光調琴曲共瞻河漢沒疎桐

有感續賦三首

昨見玉鉤懸社樹卽今銀魄麗東岑玲瓏毫髮皆堪數
寂寞杯觴獨自斟烏鵲南飛遊子淚星辰北望故園心
此時堪可忘憂戚醉裡聊爲明月吟
憶在故園賞明月雙親尙健弟兄交松林移坐尋山寺
蓮榭置餐開野庖露冷寒蟲鳴近圃風高驚鶻出危巢
廿年清景知何似祿食只今唯繫匏
嘗歷人間行路難月明隨處異悲歡炎荒蕉葉翻金魄
冰海鯨濤碎玉盤十載未吟清景好三秋空憫碧天寒

今宵雲散光逾白桂樹團團極目看

古意三首

瓊殿朱樓雕玉欄碧天如水夜漫漫梧桐金井繁霜冷
蟋蟀瑤階白玉寒榆塞琱弓鴻合度蘭房錦瑟鳳孤殘
生憎噪鵲欺人至歷歷雲間星漢乾

君從驃騎戰邊關木葉脫時猶未還虎帳繁霜聞畫角
蘭閨錦瑟夢香鬟量知明月臨金甲無奈淒風鳴玉環
粉黛不修鸞鏡澀盛容零落枕函間

夜深環佩出蘭房起下瑤階月滿塘花瘦渚蓮紅露冷
霜飛天漢早鴻翔誰家擣練風淒切三歲懷書雲渺茫
徙倚不知雙涕濕丈夫何以滯他方木蘇岐山曰比賦相錯骨肉停勻華麗妙品意曲耐味有此筆可參西崑之席矣

秋興二首

山城一夜又西風來去復看燕與鴻玄髮今爲閒墨客
青衿嘗慕古英雄春煙冠帶思溫室秋日誦絃升學宮
晚賃敝車徐退出四山霜葉淺深紅

才元蹇劣恥雷同不厭賤貧不羨公冷視布衣爲將相
深知詩客亦英雄對窗桂蕚離離發臨水萩花細細紅
看此能無動高興漫抽毫素拂郫筒

野望

風吹稻豆水田香寬服杖藜立路傍蠻犬吠虛村碓靜
壯丁爭曝野場忙天高地迥蜻蜓亂蘆白蓼紅胡蝶黃
每向幽詩識王業眼看九月叔苴章

南都十一月

青翠東方一帶山條坊省識舊京寰平城宮殿荒煙外
興福伽藍喬木間日暖鹿原秋草碧雲飛杉社畫欄閒
休依今古歎隆替寧樂文章尙斕斑

正倉院

大雄殿北老松林逕入青苔黃葉深天府儼然存結構
瑤光四射盡球琳鈿金花鏡　聖皇杖嵌貝箜篌荒服
琴不是銀潢歸一派完全何得古傳今

筑肥大閱畢　駕將東還至七條驛敬候二首

十一月十八日清國時有革命亂

閱武年年　聖駕忙今冬習戰筑肥陽風高蒼昊一鷹
擧草盡平原萬馬驤部將令嚴傳列幕　天皇旗粲卓
崇岡不關禹域顚危勢野老欣瞻劍戟光

百辟郊迎驛站傍龍車遠到自山陽秋風爽颯旌旗色霜日鮮明桐菊章纔賴垂幃知御座敢從列載拜　天裝微臣鵠立衣冠後恍聽仙韶雲外颺

詩人七首

誰以作詩爲小技詩人自侮我憐之江河萬古無窮筆陶鑄乾坤入寸辭

常懼被喚作詩人爲厭他多奴僕倫解識詩人天爵在不妨自命一詩人

觀江海後小泉池一誦古詩難作詩寄語世間夜郞大君詩孰與古人詩

自古文人輕細行才華爛發亦虛名千秋吾愛少陵老句句言言盡至誠

詩人常體無邪思貌物寫情公不欺勿向鏡中歎美醜自家面目自家知

高車駟馬百憂新風月鳥花自在春若向人生論苦樂王公何必勝詩人

將相侯王彼一時百年無復姓名垂片言長與乾坤在除卻詩人合是誰

贈清客

辛亥歲暮清國羅叔言振玉攜家東航住于洛東田中村王靜庵國維從焉

辟雍門北洛東頭落木寒山無限幽萬卷圖書堪績史數家雞犬可藏舟問奇偶訪羅含宅作賦莫追王粲樓不用凄涼嗟客土扶桑歲月足優游

送高瀨文學博士武次郎學遊清獨英三國一百韻 十二月二十四日

玄冥司時政陰陽改厥律霜氣下通津萬木風蕭瑟維時迫歲除人事多草率聞君萬里行明春辭家室將爲東西遊寸心爲驚怵平生耽詩書迂魯易蹉跌洛下衆師友兄事君其一黽勉扶我愚幸無巨過失河梁一別離前計如何出私情固區區公事不可佚所關非細小請自原始述三韓始獻書王朝盛學術典章擬隋唐禮儀咸秩秩中年遭亂離緇徒守簡帙偃武自慶元斯文復蓊勃維新中興業炳煥比日月雖由民性醇儒功焉得沒爾來西歐文東漸獨猖獗薩亂戡定後東學殆衰滅議院已創開大學亦張設斯文再隆興咿唔得不絕

憶昔丁酉年弱冠慕英哲通籍辟雍門交朋皆邦傑君
輩稱雄雋慷慨動激烈師尙貴弘深淺陋遭難詰島門
桃李多所養咸英發今日諸名流大抵蒙收掇君旣辭
董帷研覃灑心血學風愛姚江古今總囊括著書將等
身去上西航筏樹立有淵源豈比世庸劣觀器訪鄒魯
問賢到吳越更遊獨與英荆棘闢轇轕男兒蓬桑志庶
幾自今達所憂禹域事妖氛猶未遏躍馬荆湖間飛礮
秣陵闉北廷募金帛南府練士卒近者互勝敗電檄過
箭疾厥初湖鄂軍輕之若蟣蝨咸言遣官兵巨魁立伏
鑕豈意數月餘干戈猶連結宛似項劉興始異勝廣匹
晉齊亦響應陝川勢鵕魹東省且動搖大臣盡氣奪唐
末諸藩鎭擁兵事恫喝岌岌覺羅朝時異同驚怛幼主

豹軒詩鈔　卷五　十九

罪己詔一讀哀腸裂次頒信憲章誓盟在廟闕制憲依民議君權全顛蹶攝王又辭位轉勢何飄忽亂世出姦雄忠臣皆屏窒曹瞞挾天子董卓窺黃鉞淒涼萬歲山髣髴朱明末吳楚新議和燕都差使節鄰強望泰平議和如何決雖定一時和民心難抑詘漢族思脫羈由來非一日午未敗衂後講究頗縝密英英靑衿子獨立論喧聒授命委狴犴捐生甘戕殺所以新軍起忽與妻孥訣左腕掛白布爭先投虎穴舉動出至誠自與叛逆別鈍刀抗精機心腸堅金鐵靑旗指黃河鐵艦破溟渤議和一朝休奮起必北伐君行當其時幾甸猶鼎沸漢胡互屠殘無乃魚臥轍君曰患難際人心最狂悖天然所不揜分明識虛實聖教所以生本原可塞拔爲學豈讀

書眼界要宏闊偉哉高子言坐覺心胸豁古來漢土弊
片言難遽畢病根言背行毒基文過質積弱勢釀成天
子屢播越近時一清客能文弄健筆歷詆我儒先漫罵
言啁哳豈知聖人意博約雙雙說問學及德性兩兩一
不缺彼唯誇其博約者固茫惚彼以快一時推究等鷃
鴃徒言無實行國運乃衰竭殷鑒在眼前君子宜戰慄
君抱姚江資往探徒言窟教原必洞觀心境活潑潑參
以西歐風所識定纖悉歸來上庠序子弟盡前膝時節
向沍寒何日脂征轄颷船度風波幾時到遼碣殺氣連
并幽行旅畏盜竊起眠須愼重莫或乘狡譎莽莽白楡
關巍巍朝門闑殊俗或堪悲新奇亦可悅時逢佳山川
乃寄片書札我愚滞神京長學祭魚獺偏倚賢師友嗜

文忘飢渴情性託詞翰朝夕勞搰搰不恨無知音獨造
甘戛戛空言君莫笑昭代期黼黻

明治四十五年壬子　三十五歲

大正元年　七月改元

壬子歲旦

婢姪夫妻兩女兒病餘猶擧酒三卮早朝無客梅花下
揮筆大書元旦詩

蒙古來襲圖　醫長井某屬

樓船壓濤濤不起紅旆蔽天玄海紫鳳詔一夜下彤宮
匹夫誰不挾刀弓軍旅壯衰由曲直颶風況賴神明力
鐵冠氈裘成泡塵生還賊虜唯三人主將營門獻甲首

丹青應照千載後木蘇岐山曰雄劍倚天長虹駕海覺山陽小樂府爲君滅色軍旅壯衰由曲直七字爲千歲兵家鐵案

近重物庵名眞澄土佐人理學博士博士不惑超二有詩尾云畢生如我成何事流寓平安已作翁索和乃贈

聞道游神禪味中回頭欲問物庵功試從拙子陳胸臆何管人間翁不翁

枳殼邸陪菊池前祭酒留別茗筵言懷奉贈祭酒名大麓理學博士累官東京帝國大學總長文部大臣明治四十一年來蒞京都帝國大學今茲壬子五月任樞密顧問官二首五月十九日

城市名園古池亭嘉讌開攀轅思不已啜茗興還催魚躍分荇藻鳥謳藏檜槐汀洲看杜若欲采暫徘徊

黃閣當年老紫樞今日尊一朝辭祭酒千里入天門子

弟薰陶厚江湖德業存弼諧報　明主歲晚願無諼

膽山生駒先生章屈駕茅堂示以自壽七律次韻奉呈二首五月

典午風流淡與恬詠歸儒雅亦相兼唯須吹笛驚龍窟
豈敢探兒挽虎髯覺夢久論莊叟化行藏不問鄭詹占
青燈黃卷無窮樂忘卻人間名利炎

祇林喬木隔邱園雞犬相聞猶一村驚見高軒茅屋過
拱來老丈布衣尊青山對面脫雲帽晴竹當霄放籜孫
明日定容問遺事松花薰處午敲門

送君山狩野博士被命歷游西土六百字七月

蘇嶽屹南維玖水流溶溶靈淑鍾斯土誕聿生鼎鏞聖
明被四表文武俱肅雍巍乎廊廟珍安敢晦幽蹤鴻都

開庠序纑室延叡聽碩彥紛釁至君子在厥中灰燼尋
經迹盲腐贊史功文章思麗則騷雅慕鬱蔥斯文餘一
綫古道塞復通黯澹島門閎長夜曖昏瞢微公誰與適
于心憂忡忡千載纘墜緒寵命揖華崧文囿追曹劉藝
圃轢玄融征帆乘和煦反轅由輿戎舊京肇𢽾學公也
啓榛叢匡輔並英雋奎運槩蒼穹伊余承夙誼叨廁羣
賢風忝荷旣過任腹笥慚屢空往者高子去歎息悲倥
侗春徂抵盛暑公亦離瀛蓬婉孌懷所欽王事不可恫
飈虬淩溟渤電轂度谽谾若木送良驥崦嵫遲冥鴻俄
京情何若普林事悤悤及其入巴里瑔玕盈磚宮石渠
與天祿未知孰雌雄況聞流沙物璀燦射紫瞳一旦遇
昜晢幽賾闡𡾰幪喬木英邦古圃綠草芃芃羊牛夕下

括人物咸從容者英談奧妙隱淪共歡悰從來西土彥
析理軼衍龍證古或未該亞學動蔽壅東儒誦歐籍唯
是多狗蒙公今于行邁萬里仗蓺笻韓宣窺魯室吳札
通上邦胡止觀國光明兩須混同景仰若泰斗大旱望
霓虹翻思聚散遽悲歡切私衷夙昔鴻都門驕陽赫蘊
隆公也館羈旅中夜偶相從霄漢墜清露華月臨疎桐
各挈玉壺冰論文言不窮誰裁天孫錦能與雅渢渢倏
忽踰一紀聲息賴郵筒我南公則北公西我則東識荊
愧李侯購骨招駿驄成均受纓緌文史惜三冬願無賊
人子礦樸聊磨礱高義兼師友鍾期諒難逢近者當遠
別愸焉動心胸偏歡吾道西偏悲乖溫容請公愛玉體
無罹水火攻歸來途華夏有不彼狡童石馬嘶漢苑何

處問楸松文物貴廣搜至敎要陶鎔棄短采其長以養國本崇成就瑚璉器所掌盡璧琮獻諸　聖天子峻極顯祖宗君子茂遠猷盡瘁在拙躬

乃木將軍二首

我爲聯隊長轉戰田原阪我軍不利失軍旗欲死不得時已晚偸生保喘爲吾　皇殘軀久偃蹇鞅鞨風雲蔽天來　天皇賜鉞掃氛埃孤城百戰殺人子弟幾萬枯骨堆堆東向何顏見父老功名深恥畫雲臺吾　皇尙不棄我敎彼胄子振作壞墮一身奉　皇無否無可孳孳竭節于起于坐宮禁一夕傳晏駕天柱傾折老心摧破淚浪浪而下老臣所天是　先皇　先皇賓天臣心傷殺身相從　先皇側願爲　先皇更啓行臣罪乃贖

臣責始塞臣今可以死臣情不可抑
小兒高崎山大兒煮金山我生唯二子二子幸戰死乃
翁雖老氣尙壯不載三棺勿說葬片言何慘烈部兵爲
泣血慷慨奮戰拔金湯白刃相接亂若雪胡軍一旦豎
降旗爾靈山下骨離披蒼茫駐馬斜日裡將軍胸中誰
得知

湯地氏

捫戶而叫者誰子金吾小使登樓視黃昏不辨房帷色
菅席滚滚鮮血紫机上　先皇奉　御容机下遺書丁
寧封正裝將軍自斷吭嚴坐夫人自刺胸良人欲死趨
帝坐賤妾何忍留空舍地下若幸遇二兒闔門相共護
靈駕喪砲一發動禁垣哀哀梓宮出正門良人已追

眞龍去賤妾不負良人恩良人向妾托後事賤妾不語胸中志不語之情君可知貞一之劍刃其利一家三棺宿言殘新添夫人作四棺臣殉　君王妻殉夫生氣凜凜毛髮寒墨水徹底綠嶽雪皎如玉嶽雪有時消墨水有時濁君心玲瓏若明鏡伏節誰謂非正命萬古千秋鑑庭闈靜子其名湯地姓池谷觀海曰夫婦於道爲一體博士有哀將軍之一大文字讀之則夫人之貞烈自見其中唯昧者不知故略補之以著其名用意周到繁簡得其所焉

哀將軍曲 七言三十八章章四句凡一千六十四字

壬子七月　天皇崩四海慟哭怨蒼旻越卌六日喪期至梓宮發向桃山陵千官執紼宮前道庶民拜送路傍草鼓管幽噎不爲聲儀衛森肅映篝燎轜邊臣僚紛若雲縞冠襴服赫章勳中興諸將多侍側行間獨怪少將

軍將軍此時在私府樓房堅扃防人覩從容對坐告夫
人九原直欲從　先主面宮設位神木蒼　先主聖容
溫有光肅然禮拜　聖容下寶刀一閃英靈颺嗚呼此
舉何慘烈我忽聞之肝腸裂未知將軍胸中祕臆測難
從外人說將軍忠亮不易逢閫外仗鉞禦疆封藩翰尙
要匡輔力鼎湖何遽追　眞龍憶昔丁丑起兇賊公時
進討遇敗北殘兵奮鬬終不利營門俄失軍旗色兵家
勝負有毀譽一敗未必由謀疎而公引責深自咎伏罪
常欲請屬鏤　先皇叡聰能知狀愛材擧公爲偏將汲
黯戇直朝廷傳李廣善戰江湖唱時移渤海風浪生據
鞍忽拔蓋平城奏凱錫爵褒功烈更向臺灣開督營世
事紛紛不如意黠僚奸豪徒驕肆炎徼空築慈萱墓忠

讜難免佞口議南荒歸來霜滿鬢英姿颯爽猶總鎭部
下偶有瀆職者掛冠解去將軍印那須原頭結草茅遙
山青蒼豁四郊力耕晚酌秋菊酒平林甘受夏蟬嘲悽
遲三年風月外不聞人籟聞天籟蛟龍豈長蟄池中徵
起復遇風雲會胡軍當時據奉天援艦杳杳指東邊精
銳扼守旅順壘高壁深塹金鐵堅王師旣拔遼陽寨長
驅萬里追牙隊旅順一壘獨未降決眦朝野共慷慨將
軍臨陣若父兄撫慰憐卒同死生誓爲吾　皇拔此壘
厲兵秣馬氣縱橫小范謀略鬼神變岳家八千似雷電
一勝一敗數未定慘烈最思爾靈戰陣歿多於長平多
激戰不數栗宮戈白刃已折張空拳積屍成山血成河
將軍平生唯二子勝典是兄保典弟兄死金州弟此時

薄命郤博阿爺喜胡將面縛降轅門從此胡軍益北奔
父子忠勇炳天地偉勳固堪邀殊恩將軍謙讓面蔽手
獨以多殺恥嫗叟不葬二子不養嗣暮年寒巷對衰柳
平生一死報　皇心不得死所浩至今豈圖　眞龍先
我去不知何以表吾忱蒼顏白髮不足惜餘命雖保將
何益日日劍佩拜殯宮蓬萊殿高瞻松柏青山近接春
宮霞趨謁多時顏愈和進獻請修帝王學中朝事實注
脚加遺言鄭重托後事開卷先說武臣義今日一死追
君王始成丁丑年來志嗚呼將軍不可求想到心事木
石愁以私殉公思君國雖至身死不肯休有母孤身葬
絕域有兒兩人委鋒鏑無嘗一言及家私遂令夫人亦
感激中興偉業賴　先皇亦倚文武俱救匡數役或恐

狎戰勝忘卻士卒歿沙場城郊頻起公侯宅盤鬱棟梁
鏤金碧溫室常貯非時花園池屢移裔州石錦繡歌舞
滿畫欄哀絲豪竹晝夜彈不知子弟倣游惰日共姬妾
極笑歡古來紈袴多紊世近日豪富最奢麗況傳武臣
亦愛錢已見賢達歎流弊儉素廉潔勇兼仁乃若將軍
有幾人自言引責殉　先帝豈無幽憤頽俗振仄聞
先帝晏駕日顯官始許窺御室十年不改煤簾牀剝落
舊氈彩線逸一代典型自我躬君臣雖異其心同人人
若能志斯志社稷天地共無窮小人有口議楠氏復又
於公爭非是可憐蚍蜉撼大樹井蛙難語滄海水公也
身死神不消英氣磅礴干雲霄料知忠魂追靈駕桃山
陵下日夜朝池谷觀海曰吾豹軒博士哀將軍一篇起筆　先皇晏駕以將軍殉死忠魂隨侍朝

夕山陵爲收東洋洋浩浩覆江河而注諸篇翰可謂脾睨藝林淩駕前人也其明將軍之志委曲詳敍盡可將軍一代之進退行藏無復餘蘊秋霜烈日羣小因以屏息焉而其最用意處在末段數章讀至此則若揭錦囊窺寶刀神光四射睹者目眩魄駭羅大經評杜子美之北征云識君臣大體忠義之氣與秋色爭高可貴也我國近時絕無一人識君臣大體者獨將軍卓然行古道以鬼神爲泣博士爲之發感能驅其海涵地負之才鋪陳示君臣一體之理其義洵爲深遠是與日月爭光者詩賦之貴於是乎極矣地下有知將軍當動容整儀反覆風誦不已雄厚博大高華典麗中興以來之一大文字矣王靜庵曰悲壯淋漓得古樂府妙處雖微以直率爲嫌而眞氣自不可掩貴邦漢詩中實未見此作也

紫宸殿二首

霜落南庭櫻橘紅紫宸宮殿閟秋風　先皇登極遺儀在御榻儼然几帳中

承明門北望丹墀十八階高近鳳帷玉座如山長不動神孫萬葉御乾時

清涼殿

御牀東面殿中央吳漢竹叢傍兩廂似拜　聖人淵默坐垂衣端笏引公卿

萩戸

寢殿北頭萩戸房　君王勤政夜更裳有時應是憐明月水色簾前玉漏長

小御所

曲曲鉤欄廊殿通寮官引到小宸宮爲言　先帝時留駐召見大臣在此中

御學問所

仙池石淨玉泉寒秋老松蘿絳翠殘更有山青當御案正東三十六峰巒

大宮御所

南内秋天淨斂庭殿宇深草花留畫障泉石尙清音蘭室梳粧邈椒房環佩沈淒涼瞻燕寢拜罷淚盈襟

仙洞五首

一步茶亭外乃覺到仙源清池谺洞豁廈木蜷盤蹲山鳥鳴逾靜風泉激不喧無憚降陟力前鑿白雲屯

繚繞禁垣裡崎嶇邱鑿回兩行喬木合一道瀑泉開柳嶼魚吹浪花亭鳥步苔悠然臺下路幽興去還來

屈曲穿蛇逕邐迤俯鳥巢煙嵐分竹樹返照入泓坳葉覆樵橋爪蔓纏漁舸拋遙望雙島外豁達似荒郊

壽山山下逕秋色滿林塘嶼遠葭光白潭深樹影黃曬龜抱石出拱鼠見人藏不辨淙淙處泉聲復奏簧

上皇棲隱地幕府攝戎年玉帛離周室謳歌阻舜天鶯
花空殿閣絃管徒風煙四海今爲一追思意惘然

天龍寺書感 十月

奇麟威鳳久歸天每值秋風一惘然今日弔來山寺路
蒼松翠竹鎖寒煙

訪矢土錦山勝之先生于清水泰產寺寓予與先
生不相見者二十年矣 十一月

二十年前嘗問詩鯨魚翡翠至今知臨風又坐東山寺
雲白葉丹斜日時 木蘇岐山曰取材唐人字字圓膩

豹軒詩鈔卷五

豹軒詩鈔卷六

北越　鈴木虎雄　撰

大正二年癸丑　三十六歲

壬子除夜插梅花水仙冬青蘿蔔同在小瓶中

癸丑歲朝漫題

瑤星夜墮銀雲凝珊瑚千丈碎成冰冰飛星舞繞鐵骨香粉亂撲眞珠燈淩波仙子白雪面黃冠翠袖遮霞扇翩躚來降玉宸宮嫣然一笑傾鬟見朝來日射萬年枝使人暗想宋陵基下有蘿蔔放早蕚黃金粟散南薰吹歲朝件我皆仙客幽閒氣味獨自知王靜庵曰七古極工甚似乾嘉諸老之作然而不如書懷二律之深穩

癸丑開歲書懷二首

鶯澀梅含未覺春忽看天地歲華新蕭條四海猶衰絰平穩一家漫柏辛身後文章徒自貴眼前禍福任君瞋柴門不怪無車轍寒砌相依有翠筠王靜庵曰柴門一結與坏土一起均佳

坏土新陵淚未乾鳳池黃閣見波瀾眞憂衮職誰姬旦動嚇蒼生奈謝安老木迎春含嫩蘂微霜在野警嚴寒廟廊人物知何處空剩長沙痛哭看王靜庵曰老木二句深得詩人溫厚之意佩服佩服

歲首笠原桂舟光興荒木鳳岡寅郎三兩醫博會西京詩老名流十三人于長春園席上書感

長春園外雨蕭蕭蔥輦南行恨未消詩酒今宵梅竹下

永思　宸藻到前朝

明日致謝桂舟鳳岡兩博士兼呈羣公用前韻

詩才高興幾曹蕭（曹植蕭子顯）引滿豪來醉叵消昨夜歸車
美人夢梅花帳護到今朝

晨起見雪又賦

主人門巷雪蕭蕭折竹聲中酒未消異日風流續梁苑
唯當能賦壓他朝

夜雪

簌簌林梢響挑燈獨苦吟起排寒戸望簷前夜雪深

一夕宴于京都某館榊子亮持一片札使衆各
署其名將寄諸君山博士于巴里也以次至予
命曰子必賦一詩乃賦

別來將半歲萬里定如何唯待東歸日款言依舊多

偶成

初日照閒庭梅花香滿樹冰飛碎玉聲黃鳥蹴枝去

相國寺早春

寺門春尚淺幽徑草初生不覺竹林裡已聞黃鳥聲

月夜過相國寺

雲間明月出乘興去還來古寺無人訪松釵墜碧苔

欲訪靜處洛西居先有此贈

三年吾不到思汝臥柴荊雨歇如相訪門前春草平

讀靜處山房集贈福田子德

一卷瓊瑤贈泠泠山水音讀之忘富貴欲使住邱林明月常傾酒清風獨拂琴優哉福田子咫尺白雲深

答人問洛陽春色三月二十日

世事紛紛惹恨多笛中梅落涕滂沱文章徒愛楊忠愍
春色雖來奈汝何

雜詩七首

久雨遊行少春酣亦未知來過朱雀路楊柳吐金絲
大道紅塵起縱橫車馬馳平安春若錦櫻柳織爲絲
江頭楊柳綠天淨暖風吹前日遙山雪今知霞彩披
煙橫芳草路日暮浩歌歸蒼翠暝山色川光映我衣
容顏桃李女臨水浣紅紗非待王孫至從朝到日斜
西子入吳殿嬋娟絕世姿苧蘿浣紗日玉貌有誰知
美人顏若玉平日自矜持唯保天然好無心假粉脂

物庵子有鳴門作見眎攀礎卻寄

四月鳴門起電霆驚濤嶽立海風腥想君含笑柁樓上
卻指遙山數點青

春日雜詩十四首

玉樓人不見庭花寂寞紅空教鸚鵡語春鎖畫簾中
朱門臨大道樓上繡簾遮閒卻紅櫻樹主人不在家
花白東山曙月低霞外松家家人始覺長樂一聲鐘
花映朱樓暮人歸棲鳥過幽深林下徑草綠夕陽多
楊柳垂垂碧桃花紅亞枝鳥啼苔徑靜白日見游絲
鳥啼門巷靜風軟落花香獨笑觀童畫方顏皷在牆
孤杖尋春去出門無所之鄉花不灌久游子在天涯
門前流水清青草岸傍生俯視游魚影悠然雲上行
花開還細雨門無長者車黃庭臨寫倦清泉自點茶

閑居還可樂桃李各春風隨意披書讀花開細雨中
婦子看花去因删詩句繁朝來卻多事好客數叩門
白日游絲靜滿園芳草生貍奴眠紫堇蝶舞蒲公英
稚女出門去鄰庭笑語聲歸來貽小妹滿把紫雲英
我家小嬌女頗知愛落紅櫻花千百片綴來彩線中

醍醐日野途上三首

細流頗曲折草徑淡煙生童子臥吹笛放牛哞作鳴
輕風吹宿麥呼雨勃鳩鳴午近山家靜椿花落有聲
青山圍綠野一徑向松原負策南行去孤煙何處村

隱元渡

天晴春水碧細浪響菰蒲倚杖俟舟子津頭起鷺鳧

卽目三首

綠野依丘阜柴門六七斜玉蘭無數發春色滿貧家
韶光留不得花散夜來風曉見鏡池面春埋綠水中
誰謂春光短桃櫻次第紅花開花又落只合任東風

春怨

翠柳鶯鶯語紅桃燕燕飛三春看又老獨上鴛鴦機

偶成

燕雀將雛子淩雲各有機怪來成翼日後出或先飛

癸丑天授庵曲水集詩（四月十三日）

時節入陽和韶光滿郊甸山明輕霞浮林暖好鳥囀芳
草曖青青丹榮粲可見庶物各有遇誰得不自便薄言
會俊英緬繼流觴宴治亂運雖異千載顧相戀依竹聽
泉鳴坐石看雲變奏雅歌洋洋飽德醉厭厭人居天地

問倏忽若掣電歡笑能幾時撫事多愁悶且須共優游
才藻摛霞絢此以頌休明非敢傚肥遁木蘇岐山曰澹古靚雅鮮有其儷蓋得顏延年六分謝玄暉四分乃造此妙境

莫愁行

盧家少女名莫愁綠鬢紅脣點漆眸被服錦繡躡珠履
少小生長雕玉樓詩書誦成八九歲翰墨渲染一二秋
十三裁衣繡鴛鴦十四宛轉彈箜篌明月常圓花常發
莫愁一生不知愁東家有女字金蘭椒閣雲房遙相看
暗有紫燕通彩箋一朝相伴向長安長安女鬟連雲起
寮舍咿唔對桃李花飛蝶驚春風閒放課晴牕暮山紫
挾册已忘二南詩文泉新汲西歐水墮髻嘗過槐市垣
啼粧數倚辟雍門眼中金紫鴻臚使胸裡夫壻新狀元

春老天台無人經洞深武陵有花零輿奮歸臥故山麓
秋雨闇簾流數螢昨夜阿母語好事西家張郞面目媚
文章雖非班馬倫爲人溫厚且識字累世彼我通交誼
百頃園田堪供使莫愁聞之半危膝張郞何者非兒匹
此談阿母請舍之別嫁良夫兒有術母曰汝既過佳期
兩姓結好待再思莫愁再答勿復道非意中人豈偕老
繡榻電燭繙蠻書綺閣菱鏡試粧梳不知紅顏暗中改
衆前自分鴛鴦孤兩親今年頭半白長待莫愁嫁良夫

送野上學士俊夫留學歐洲君專攻心理學五月

野君才學熟萬里更乘舟欲繹性情理不同汗漫遊別
離雖可惜幽渺待深求洋酒敬爲壽相思上此樓時餞宴于大學學生集會所

木蘇岐山牧過廬賦贈六月二十八日岐山後酬以詩云多才豹軒

子廿歲少於余三館書容借千篇意所如良峰攬嵐翠神苑狎鷗魚北土親親俗似君還有諸

蘇子今詩老惠然來顧余長材憐寂莫佳句法何如風骨論唐宋希微及鳥魚文章千古事宜更惜居諸

詠鶴

華軒何所戀仙客不相期唯愛飲清水夫妻育幼兒

老松圖

山中老松樹誰得識其齡松子還成樹松根產茯苓

脩絡二姪將歸省賦示七月十八日

夏木綠已老二子歸故鄉暫離絃誦地奉歡父母傍私情雖可喜公義有悲傷汝等同長子艱難未備嘗豈知立身苦徒事嬉與狂審思家門計一人繫興亡乳臭氣

宜脫勤勉親縹緗平生我所訓尙且多遺忘讀書復何益我意頗倉皇爾今自深思祖德須顯揚呶呶待人誨固恥男子腸臨別餞以言再會期秋涼

夏日偶成五首

馬埒街頭日已斜（余寓在上御靈馬場町厲祠東）厲祠無客飼神鴉深沈映出方塘水紫影倒開燕子花

忽地狂風撼縛扉驅雲策電雨龍歸半天驚鳥無遑避比叡山前銀箭飛

雨後新涼纖月生微雲閒淡映簾旌岐燈未上南簷靜坐聽丁當風鐸鳴

亂蟬斷罷夕林空半脫輕衫灌苑叢灌後浴盆天若水糸瓜棚下起涼風

風簷平展白牀籐横臥看雲雲欲崩驅熱不知更何有
萄漿新浸玉壺冰

羯南陸翁七年諱辰詠懷 九月二日

世態浮雲變人情反覆忙自吾喪所適忽過七星霜

望春日山作 九月五日

越山無復見英雄每過壘前思我公猶記當年謁祠宇
野花閒草夕陽中

鄉中書感

十年父老半荒墳喬木寒蟬不可聞日暮江堤空佇立
三山依舊帶煙雲 彌彥國上角田是爲三山

訪子德仲兄新居 舊宅罹舞馬之災事在去年

涓涓澗水繞林扉山翠空濛欲濕衣兄弟相逢先一笑

不言人事向來非

哭齋藤犀堂 名信青森人囊在日本新聞社載筆從軍數次後赴臺灣病沒十月

機心世相競木訥此人亡載筆衝胡雪擔家投大荒生
涯托杯杓無計及膏粱永憶青山寺年年秋葉黃

送雨山長尾子生還滬上 十月十八日

十載重逢在洛京江樓舊雨各傷情孤帆又入秋溟去
煙水何邊是滬城

七條驛候　駕 十月十九日

胡管悠揚玉輦遲郊迎文武盡威儀雲浮彩仗從龍蓋
風暖虎賁擁錦旗恭恪　聖皇親祀日肅雍顯相駿奔
時微臣鵠立羣公後載拜　天行乃淚垂

二聖上陵車駕將發特宣文武有司賜謁殿廊 十月二十日

百辟王廷朝素秋依班直立殿西頭瞰光先自彤庭度
灝氣欲沿畫栱浮綷縩裳音隨　玉步端嚴袞影拜
天裘上陵此日容齊謁臣等兢惶何敢休

兩宮拜陵日恭賦 十月二十日

兩宮朝出謁神岡翠輦紅旗仙仗長細細寒花臨御道
悠悠清管繞齋房山河不動扶宸極日月雙懸照帝鄉
報本誰知　皇孝大九秋霜露　聖懷傷

拜桃山陵

畿甸山河拱遠空陵園草木鬱蘢葱始從禁籞知方壁
更自玄扉辨闕宮咫尺拜趨容豎牧年時禮數有臣工

誠由聖德天洪大萬國儀刑靡或終

書懷

凄凄霜露下梧楸獨臥元龍百尺樓學未成門慙祿食債連生子拙身謀臨風嘯詠三千首墮地飄颻卌六秋不有韓公識張子西都山水豈稽留

聞鄰事

楚北燕南鼓角哀中原誰爲掃蒿萊昌黎近報巡兵亂建業又傳紅幟摧自古大謀宜仗義于今列國漫通財黃袍不怪陳橋驛禹域帝王多盜才

清閑寺 南洲月照密議之地

逕入空山竹木齊寺門殘日冷凄凄郭公亭古松楓靜太閤墳高煙霧迷青石何邊忠士坐寒泉此處傑僧棲

無端歸去幽林外柹實垂紅百舌啼

感懷六首

誰向江湖得眼青幽居不是慕沈冥漢家博士多媚世
周室大夫旋上刑蠻觸鬩爭何日已李牛成敗幾曾經
風塵滿地須清掃勿使騷人賦獨醒

雲物蕭條短景催環瀛妖霧鬱難開昇平擧世甘沈醉
慷慨何人歌莫哀山澤天寒龍虎伏江湖水落雁鴻來
斯生謬托耽詩賦空憶南陽管樂才

獨立乾坤無限情風林月落鵲還驚中年所慕非高蓋
半夜相親是短檠獻賦不須依狗監調梅誰克問牛鳴
可堪鄰警時時急欲爲單于請縛纓

桃山去歲哭　眞龍歎息盛時難再逢玉馬新朝箕子

國茅苞久貢鄭王封修盟四海無文野頒憲法宮承
祖宗近日勳臣稍落莫陵園秋草露華濃
易姓更王是國風讓禪放伐古今同霍光奉表君堪廢
謝后簽名臣本雄河濁頻傳催黨錮山盤不見闢鴻蒙
量知虎豹天門側可有入關夢沛公
逝水長流冬日微山河已改物皆非楚師東走衣冠盡
胡馬南來苜蓿肥徐福不求蓬島藥伯夷空采首陽薇
誰親遠盜疏鄰父西土危機若此稀

前將軍德川公慶喜輓詞二首

奕葉鞬櫜鎮列侯時非辭節豈身謀潛鱗棄水歸常府
大澤呼鷹獵駿州當日市城無舞馬暮年沼榭對眠鷗
淒風夜折將軍樹淚墮東台片石秋

霜隕江城草木凋喪車引送暮山遙遺民何意埋珠匣
素旐無情隨玉簫一表君臣明大義長留孫子護清朝
周公生日雖惶恐身後忠魂宜見招

贈山翁移居枚方別枝山

塵埃隔絕憶桃源聞向南郊結短垣窗裡遠山孤鳥滅
樓前碧水白帆翻春風麥秀王仁墓夜雨鐘殘辰爾村
異日經過子眞谷逍遙欲伴丈人尊

御靈閒居

中年旋好靜去住尙人寰迹托賢愚外心居吏隱間寒
聲蕭寺竹秋色洛陽山獨立柴門暮遠望飛鳥還

木曾遊詩十首

關原

峰勢猶疑萬馬屯行人指點是關原山河無語英雄死
黃葉白雲秋一村

濃州途上

秋原禾黍平日照岐陽縣翠白遠分明峰尖皆可見

峽中

溪浸霜楓藍碧濃層巖出沒水淙淙天公不待倪黃手
自寫千山與萬峰

望駒嶽

峽轉溪回水石重懸崖秋老雜楓松誰知澗碧林紅外
落日半天望雪峰

木曾懸棧

絕壁雲消楓葉丹深溪石躍激風湍行人未度危橋外

幾向水南水北看

讀俳句碑憶芭蕉翁

青鞋破笠轉如蓬題筆荒山驛路中佳句驚人誰竟惜
劍門餐宿少陵翁

寢覺石牀

千峰玆一束絕壁五丁開黯慘秋潭綠日光空照回

釣臺

臨潭盤石在旋憶富春山垂釣者誰子清風滿世間

信州

紅樹青山萬里秋西風吹上黑貂裘幾回行李人將老
新雁一聲入信州

諏訪湖畔卽目

半湖陰曀半湖晴遠樹朦朧近樹明汀畔欲窺倒峰影
奔雲挾雨入荒城

答靜處山人次其詩韻 原詩云豹軒學士近如何別後相思歲半過今日文章嘆寂寞爲吾誰寄白雲歌

匪虎匪兕如爾何相思不碍屢來過文章勿問張司業
近向楚騷箋九歌

靜處詩又至 詩云讀罷離騷興若何傷蘭雨雪歲云過休言千載少知己吾所思兮汝所歌 再疊韻卻寄

東閣梅花杜與何 杜甫何遜 千年詩興孰能過煩君試畫橫
斜影且著草書數字歌

窮冬

一病二旬親藥時南軒日暖起常遲被中調息延頸鶴

枕上畏寒縮項龜袖隧不防貓子入尻山大笑女兒騎
窮冬無賴何如此索筆俄題八句詩

癸丑歲暮漫吟

五歲垂帷鴨水濱棧車挾册適吾眞遣排窮鬼謀雖拙
戲弄嬌兒意已伸識字不求揚子佞買書難免孟光瞋
洗牌毬打且隨意椒酒辛盤待報春

大正三年甲寅 三十七歲

甲寅開歲有作四首

陽和應律入韶年淑景依微巷陌邊緘默梅脣初綻日
夭嬌柳眼漸含煙紅粧袨服陶猗第濁酒菜羹沮溺筵
聞道太常議登極蒼生翹望樂鈞天

橋山往歲葬　文皇赤子憂悲　帝慘傷闔國期年昭
大孝新宮卜日獻秋穰乘槎使節衣冠壯奉册元臣劍
佩鏘願得萬方躋壽域時雍於變軼虞唐
開歲神州仰帝威邊疆猶說羽書飛長天熒惑明蒙野
大陸風雲暗墨畿來格有苗旋弄斧附庸玄菟益屯騑
江湖盡識　宸憂切待見夔龍集鳳闈
又逢三十七年春嘉例出門迎大賓侍坐偏憐嬌女駃
給供堪笑腐儒貧林禽恰恰如勸酒簷日熙熙故近人
且對梅花須嘯詠不妨昭代有詞臣

酬福田靜處

月落梅花白煙生林竹端恐君流水上獨立不堪寒

贈雨山居士（居士時寓申江）二首

吳江煙水長鱸魚豈意細鱗來野廚君在天南留滯久
歸情還似季鷹無居士惠松江鱸賦此致謝

鐵骨冰姿欲破雲修眞清曲使誰聞扁舟未上江南道
寄與春光先有君居士贈手寫墨梅云癸丑寒夜呵凍作此遙寄以報江南消息又題詩曰空山鳴鶴裂玄雲飲水有人深夜聞道籙梅花寒徹骨月明修向玉宸君次韻酬之

東陵 六月

先帝始晏駕四海悲墜弓酸風吹宸極斯人盡恫恫
今皇立踐祚明聖由天縱承憲恢祖烈端拱尙憂忡匡
輔依勳戚庭誨待慈功徽音蔑姜姒文思軼重瞳孝申
衰絰裡治轢虞周隆天道易虧缺人事多怱怱鼎鼐坐
翻覆尊俎轉困窮況傳嚴魏室貨賂小華嵩讜議起闤
闠衆口難塞壅徵言在御詠民心謂至公凍雨灑海殿

雲濤撼淵衷玉几俄不安或以自此中此雖塗巷説難
必角出童天柱折未幾又聞絶仙蹤宸居復倚廬權厝
嚴奠供子民痛喪妣禮數朝野同青山送龍輴祀殿走
臣工曉幄電燭冷驛樹夏雨濛闕河颷車杳寂寞繐帷
空卜兆伏見里移柩桃阜峰小臣暮候輓靈輦向寵蓯
蕭颯黃白旛慘戚琴鼓從執紼肅冠劍哀管振林叢籲
天終一哭丘隧望靡通昔者改元初神都拜彤宮頭白
內官在爲語翠華東先爺尙少年鑾輿出九重顧念祖
禰地爺面帶愁容嗚呼微內助何以慰　聖躬維后
擢貴閥正位配　衮龍淑德坤輿厚才藻春華穠敷澤
施縈獨垂訓及童蒙鄧馬非倫匹班曹失睿聰懿範播
歐美謙光耀鑾戎隆化踰卅歲宏績賚溫恭天宜介景

福　寶壽胡爾終迢遞南畿道森森柏與松高岡臨野水雙陵鬱蘢葱來謁六月半白日廓蒼穹默禱竹門內緇幕颺薰風扶持間童弱感歎泣嫗翁綿延十數里咸仰仁德崇寢園已有定礿嘗歸外宗赫赫　二聖靈萬年護瀛蓬

池谷觀海曰豹軒博士東陵一篇屬辭極嚴間有持滿不發故淵淵穆穆尤爲得體非此則不足以捧東陵人能叩之乎字字鏘然發金石響僕初謂其華潤處得之選體已而又謂博士豈止規橅選體卽如其氣骨兼得昌黎之神髓紀事傳實使後人益知賢后之德可仰生才有時僕不肯以少陵爲千古之詩史也

拜讀宣戰詔

鐵馬金戈結陣雲歐洲禍亂不堪聞朝廷自有昇平策鳳詔新頒討獨文

從軍行四首

玉露金風冷戰袍未殲驕虜氣空豪中宵獨倚營門月照見腰間日本刀

艨艟壓海陣堂堂峩艦連連雁作行甲塔何人吹玉笛瑯琊臺畔月如霜

銀漢無聲雁影悠碧天如水月當頭不知今夜征人夢生縛胡奴幾騎不

夜深風桂散林扉起下幽牀月近幃今日王師輸挽足不須纖手擣寒衣

屋島二首

海岳崢嶸崖岸危誰圖此地覆王師驍兵天塹淩波夜行殿丹楹付炬時空有君臣望北極遂使紳笏屈東夷蒼茫昔日播遷迹野草汀花無限悲

藻城東去鬱崔嵬絕頂登臨四望開壇浦雲消秋水靜
屋山日落斷鴻哀寒花繚繞菊王墓片石依稀與市臺
卻是行宮何處所唯有鹵煙向渚回

舟望

海色蒼茫落照閒去來波上幾孱顏舵樓指點人爭語
認得前頭黃備山

京都文科大學學友會遊于讚州航至備之宇
野港登岸聞膠州得捷口號二絕句

舟行新自讚州還夜搭飈車向備山無數毬灯阡陌遍
王師傳已取膠灣

奪取青州第一關攻圍奮戰六旬間廿年吾記遼東恨
只待汝將秦璧還

膠州捷後示人

王師十萬壓青萊秋入關山木葉摧經略即今誰老范
江河南北碧天開

播州途上

滿目黃雲穲稏平農人歸盡野川清西風落葉播州路
林際分明白鷺城

雨山居士歸自支那卜居室町因有此贈（甲寅歲暮）

肩吾新自會稽還（李賀句）聞道游方遍朔關雲氣莽蒼河
北成鳥光明滅越中山文章謝客工邃密風雪潘郎鬢
已斑獨喜衡門鄽市近問奇將伴草玄閒

題樊川集（富岡君攜影印秋碧堂帖杜牧之書張好好詩命余題其後辭不獲）

牧也狂來眞是狂風雲羅綺各神傷罪言三策論雄鎮

麗賦千年哀阿房洛下重逢張好女江南復見杜秋孃
斯生畢竟緣情老不信揚州夢一場

大正四年乙卯 三十八歲

國分青厓高胤長尾雨山福田靜處三老惠然見
訪率賦志喜 四月

柴門擁篲帚荒萊大笑忽驚人影來勿厭貧家無酒飯
今朝花徑爲君開

孟秋望日偕雨山居士游于石山 八月二十四日

湖尾南奔溪水清汀洲雲樹晚微明鳴鑼打鼓參差響
高柳亂蟬次第迎鐘阜蒼茫征鳥沒唐橋隱映去帆行
江亭對酌寒漁火薄霧翳天月未生

翌日夜對月有作寄雨山居士

雨霽南樓坐夜闌東方月出影團團生憎昨日湖雲合底事今宵天桂丹攜榼欲尋牛渚詠送鴻空憶廣陵彈金風玉露時將近寄語林園護蕙蘭

山崎渡中流遇雨 九月二十四日

晩渡呼舟子相攜上野航前洲蒲荻亂回磧鷺鷥藏雲驟中流暗虹懸白雨光不知今夜月可得素輝揚

八幡里茅亭賞月與雨山話舊二首

月輝雲際白簷影落庭除不礙游氛在分明豔魄舒揮觴談要妙移席樹扶疏想子扁舟興西湖隨所如

佳節良難遇況還偕友生雲從涼後散月到夜深明飛鵲迷遙野吟蟲擁古城漸看庭露白已識玉壺傾

贈衣浦漁叟（籾山衣洲名逸）次其自述詩韻

虞卿在世賦窮愁回駕棲遲極浦頭醉後連傾彭澤酒
興來時棹剡溪舟哀絲豪竹紅顏夢飲水曲肱華髮遊
可羨浣花堂已置往還隨意浿城秋

登極雅四篇

新宮　新宮言告登極也

奕奕新宮神器戾止　天祖是依佑其孫子
鉦鼓簡簡薦獻雍雍顯相在位淵默靖恭
率見　天祖昭告御宇嗣考膺命世世繼序
丕顯皇德峻極于天撫此黎元萬祀億年

新宮四章章四句

景寶　景寶言大統有守也

於穆景寶　天祖錫之自天佑之綏此下國
於穆景寶　神孫世之迨我　聖皇三千其歳
皇受景寶不離　帝躬高高御座壇薦其同
皇御大位萬方仰之皇祚隆隆月恒日上

景寶四章章四句

嘗宮

嘗宮享于　大神神祇也

芒芒穗國　天祖光之　神孫承之開拓四方于稼于穡嘉禾穰穰穫其新穀以享以嘗
皇之踐祚先訓是式新穀于穫以爲神食載定齋田其卜云吉悠紀主基耕種翼翼
載建嘗宮嘗宮靚深采椽柴籬椎葉蓁蓁幽室重薦服履北陳東南御座此以候神

脂燭炘炘庭燎耿耿肅肅萱蓋憲憲庶尹 皇入室居夜象淵靜方舞俚歌御事膚敏管聲洋洋供薦有恪飯羹于肆黑白其酌 皇之饌止神其樂之神之歆止不可度止

嘗宮五章章八句

黃華 黃華宴臣僚也

菊有黃華離離其英我有嘉穀潔斯粢盛粢盛既潔式燕羣臣

菊有黃華粲粲其枝嘉賓至止中外咸宜我 皇臨止顯顯威儀

黑白其酒琴笛其序朱帩赤袍劍戟起舞踏厲激揚悠哉 神武

我觴已盈我殽已加載奏方舞洋洋大歌彼美邦媛翩
舞傞傞
盤樹銀華維纓與橘錫汝寵章　皇愉斯出君子言歸
威儀秩秩

黄華五章章六句

大正五年丙辰 三十九歲

丙辰三月奉命出游將辭御靈僑居悵然成詠

初余來洛邑未辨陌與阡卜居由良友偶鄰厲祠邊不
嫌境幽僻轉喜遠市廛左右多喬木人家七八連門前
通一水寒玉鳴潺潺登樓對蕭寺旦暮萬竹煙東南山
出沒歷歷見層巔生平挾兎册咿唔立講筵晚歸望屋

宇我意乃陶然常愛祠頭樹蓊蔚綠蔽天其左杳靄裡
舟山露半肩入門妻兒在怡怡迎我還子姪亦入座共
飯影團欒自謂天倫樂至樂莫過焉不覺炎涼換倏忽
已八年今者蒙朝命將欲北入燕妻兒行東徙子姪亦
北遷同住竟異處離此我最先何忍卽離去徘徊柴門
前依依門前樹戀戀牆角山流水爲我咽啼禽助我歎
如辭桑梓地迷離情暗牽不知兩歲後何處托食眠臨
別意無盡聊賦詩一篇

鳳岡荒木祭酒置酒公館壯予行色賦此留別

二首

擧觴高館落梅飄爲問燕山海路遙男子豈無離別淚
文章報國在今朝

桃李未開微雪飄都門一去客程遥他年此日相思處
弔盡兩京到六朝

次鳳岡祭酒韻

春風一路指燕城滄海纔經五日程尙有鄉情忘不得
歸心往往夢神京祭酒原唱云欽君意氣壓長城鵬擊三千不計程想見鶯啼花落日一腔詩思入燕京

次君山狩野博士韻

倭王常大盜割裂帝山河濫徵苞茅貢難求回日戈烽
煙連蜀暗鬼哭入吳多獨自徂南土定成慷慨歌原唱云憶昔薊門亂烽煙暗玉河親朋憐寂寞天地又干戈夢裡青山在愁邊白髮多浮雲遊子意知爾發長歌

雨山君山湖南諸公餞予於東山春雲樓席上

次雨山前輩送行詩韻原唱云今宵一杯酒明日隔天情別後如相憶

春雲滿洛城君山云壯遊初憾晚臨別更關情三月鶯歌遍不堪唱渭城湖南云東山分手夕
衢盞若爲情君去春風路垂楊綠滿城　三月二十八日

我今入燕去相送故人情若弔昭王迹回頭望洛城

丙辰四月奉命游學支那臨發述志六韻

崦嵫龍戰日磤馭鳳鳴時銜命踰春浪學文尋絳帷風雲連絕域雨露拜丹墀跋涉勞何厭江山助或隨揚休俟雅頌敷澤屬皋夔須體菅公訓且擒晁監辭

附錄諸家惠贈送行詩

內藤湖南云四海方烽火文章可濟時早治毛氏傳久下董生帷銜命淩鯨浪抽毫逵玉墀兩年音信杳萬里劍書隨才比論詩札功期典樂夔業成麟角日伏闕奏宏辭

狩野君山云滄海橫流日丈夫効力時高歌屠狗酒惆悵讀書帷草掩青瑤甃苔封白玉墀北廷王氣絕南國鼓聲隨孰謂鷸持蚌而今蚿笑夔同舟待相濟不必在文辭

西村碩園云存志名山業乘槎戰國時南淵追遠躅東魯拜緇帷芳草空秦輦寒煙鎖漢堞臨文孤憤發弔古百憂隨慨德論湯武醇風思契夔千年王迹熄忍聽美新辭

籾山衣洲云文章宜載道學術貴應時遠搜禹王穴行尋董子帷烽煙連嶺海荆枳滿宮堞險阻孤身度興亡百感隨誦詩懷吉甫聞樂憶伶夔預識歸舟日爭傳大雅辭

神田香巖云報國文章貴丹衷答聖時功深維翰硯學聚仲舒帷名姓題銀榜恩榮下玉堞去程煙水遠行李劍書隨萬口稱三鳳八音歸一夔此行銜命重敢唱柳枝辭

次木蘇岐山送行詩韻 原唱云成均十載坐皋比西邁云云來告別離楚些會須湘水弔秦聲要學杜陵詩孔林夕炤繆壇樹岱頂秋風無字碑應合文場開一境青衿屈指數歸期大阪朝日報館諸友招飲于鶴屋岐山攜此詩來贈予不圖遂成永訣

功名未必在皋比又向九州歌別離敢索眼前一杯酒
要留身後萬篇詩湘南夜月聞芳杜渭北秋風摩廢碑
他日看吾乘興處奚囊傾盡付鍾期

再疊韻寄岐山

誰言十載坐皋比未見文章彩陸離早歲頗攻唐漢學
中年漫愛甫潛詩春山花落南朝寺夏雨苔封東嶽碑
跋涉歸來挑燭夕賞心偏與老蘇期

去國三首

憂患經來廿六年客遊千里意平然今宵鰈海舟中夢
不到家山飛到燕

不是平生汗漫遊載將翰墨壯皇猷青山已遠春潮急
獨上天涯萬里舟

男子辭家度海瀾何嫌露宿與風餐他鄉時有故鄉感
莫戀尋常兒女歡

鳥骨

日照春波紫碧斑崚嶒島骨大濤間舵樓極目人長嘯
數點白鷗去又還

望濟州島

玄海風濤漸已收曉來平熨碧如油篠牀横臥聞人語
檣角連山是濟州

海上二首

碧水汪洋大海流青天萬里一孤舟笑他香餌三千犗
徒手直爲鼇背遊

赤日全沈蒼海頭長風颯颯拂征袍數聲漁笛不知處
唯見西天太白高

泝白河

夢裡不知紅日昇白河潮落見流冰平田處處鹽如雪

兩岸叢楊綠已萌

寄宇野學士

燕關爲客偶相思憶共鴻都侍董帷百事于君輸一着
萍遊亦已十年遲

聽少年吳鐵雲歌

吳郎年少軼王郎聲妙過雲工上場我入燕京春正老
落花風裡見將狂

燕京贈別鳥居素川 赫雄

明主山陵已綠蕪長城萬里不防胡憑君欲畫治安策
救得蒼生四億無

上八達嶺觀長城址 五月

春風來上戍樓頭憶使强胡牧馬休秦樹漢雲依舊在

頹垣花草任人收

長陵

花飛麥秀度靑塍石馬兩行嵐翠凝天壽不知山近遠
春風策蹇弔長陵

北海次李夢陽秋懷詩韻

海上依稀結綺樓樓前淡蕩碧湖流風梳岸柳如將舞
魚集潭荷不解愁粧洗臺空餘白塔漪瀾堂在失行舟
離宮經歲多爲寺龍見幾時安九州

京都狩野勝太郎銀婚式賀筵徵詩遙贈六月

百年三萬六千日雙棲今纔九千日長生只須輕大椿
尚是洞房第一日

哭柳村上田文學博士名敏專攻英國文學

未老君斯逝文章奈命何常操溫李調能繼法伊歌彩鳳歸仙闕瓊葩委曲波芳名長不朽著作世撫摩

與何君盛三別七月三日

燕京始見君僑居由君力君今宿志成一朝歸故國交情過至親離愁自相逼懷哉丹鳳城煙波渺何極唯期分手後各當樹業德忙中幸有閒時寄好消息

謝鳥居素川惠同遊長城時所攝照相八月

平生意氣壓王侯萬里同爲塞上遊多謝故人能照相著吾吟骨在烽樓

月夜三首時予寓南池子飛龍橋

廟柏烏棲露欲漙當軒雲散月團團長空澄碧無纖翳大地蟲熒起皓瀾擣練佳人知漏永候烽戍卒怯衣單

鄉天莫使淸光苦恐有倚門白髮寒

林木蒼蒼斂暮煙雲端明月皓嬋娟他鄉偶見中秋色
十載未知今夜圓鵲影翩翩堪悉數犀香陣陣故相纏
遙憐妻子扶桑外應指廣寒蟾兎鮮

秋風嫋嫋動簾旌節物偏傷獨客情叢裡寒蟲催夜急
天邊大月向人明豈無思父憐兒女安得乘槎隔弟兄
萬斛離愁無地掃慨然披卷對燈檠

始望齊北諸山 九月

盡日經行槐柳間平原無際黍雲閒黃昏欲近濟南郡
碧若奔濤始見山

渡黃河

天涯遊子唱燕歌漸見中原秋色多槐葉半林蘆半浦

風聲如雨渡黃河

夜泛大明湖 在濟南

秋風瑟瑟響菰蒲月缺汀洲柳影疎喜我客中添一事
扁舟夜泛大明湖

登岱二首

巍然青色壓羣峰漸聽幽林巖壑淙寒澗花明皇帝道
蒼崖日冷大夫松天邊城郭浮平野鞋底煙雲起怪龍
七十二君何處覓撫碑絕頂駐孤笻

日觀峰上結霓裳咫尺蓬萊翩可翔呼吸眞如通帝座
煙霞疑欲滴仙漿齊州草木金銀色海市樓臺珠玉光
夫子登臨小天下乘桴恨未到扶桑

泗水

泗水湯湯浸白沙川原一望盡桑麻蒼奴駕馭如人意
款款中流驅惡車

曲阜謁孔夫子廟作

周政綱維解羣言未折衷天心依將聖人紀托儒宗彝
典遵三代倫常率厥躬棲遑馳衆國删述示無窮神化
陬夷遍粢盛列聖豐寢園松柏外祀殿院牆中日射盤
龍柱雲扶繡井櫳桂風吹玉砌香霧繞銅籠位屈德猶
顯時違志尚通若微夫子出萬古委鴻蒙

曲阜偶感 時民國採用共和制陳某等興孔教會

夫子廟前荆棘新日東孤客淚沾巾紛紛尊孔知何意
斯道五倫亡一倫

再過大明湖

秋雨霏霏湖樹青荷殘柳敗鷺飛汀誰嗣北海攀高興
人物蕭條歷下亭亭在湖中

太液池

鴛鴦驚起采蓮歌汀樹蕭蕭太液波錦纜不來秋寂寞
湖心夜夜月明多

景山

綺望樓下草離離路盡山亭問故基天敞川原開綠野
秋高雁鶩散清池血衣殉國王宮監王承恩刀臂信親朱
帝姬明思宗長公主咫尺前朝壽皇殿在山下雕簷玉柱亦傾攲

重陽

官街一道柳槐黃野菊半含天未霜今日登高何限意
算來三十九重陽

枕上聞雁

齊北燕南萬里遊年光容易又高秋雁聲叫斷三更夢
落月風吹到枕頭

偶成

年少嘗欽王佐才何圖儒服滯金臺燕昭霸業隨荒草
落日殘笳無限愁

蘆溝橋

兩岸平原水濁流依然風景是幷州蘆溝橋上回頭立
禾黍西風動客愁

自衞入鄭途過黃河　十月

風起平沙日色愁羊豚歸盡斷蓬秋從來王霸皆兒戲
唯有黃河滾滾流

洛陽

碧水青山擁洛中四郊無復帝居雄成周版築煙迷地
後漢文章鳥叫風澗草難尋金谷綠林花猶憶上陽紅
北邙一帶皆秋色落日松楸見斷鴻

洛郊日暮有作

菘坡麥隴雨霏微伊岸天寒數雁飛日暮孤村何處宿
濕雲黃葉四成圍

宿八里堂楊氏

秋雨蕭蕭郭外村荒城回首已黃昏少陵野老彭衙道
感激孫家洗足盆

沙崗在開封府東

柴車歷鹿上沙崗秋老古堤神易傷汴水已空隋柳盡

行人何處認宮牆

龍亭

宋家遺殿俯池汀花石蓬山剷畫屏猶有殘僧知往事
排龕秉燭說龍亭

順德途上即目

黃粱刈盡麥斑斑野曠天淸鳥倦還驚見千峰如馬背
向南騰躍太行山

邯鄲

路傍楊柳老根蟠野店炊煙新瓦墁無復書生槐國夢
舊時秋色滿邯鄲

與黑木欽堂安雄教授共訪弢庵陳侍讀名寶琛福建人
賦贈

城西幽巷此相尋雞犬仙家隔樹林霜菊自存陶令節女蘿猶帶楚臣心綱常扶植關天地文武弛張從古今退食知公多感慨蒼梧遙野暮雲深

陪欽堂前輩遊天寧寺是日草間見年羹堯碑

幽僻郊西里蕭條祇樹林良朋聯騎至高塔捫蘿臨塑壁明秋日風枝喧凍禽臥碑荆棘外摩讀一長吟

船津參贊官辰郎一招飲席上率賦呈羣公

高館陪名士雅筵唧玉卮論情濃似酒言志不如詩蘭菊芳齊吐星河影倒垂主人歌既醉莫問夜霜滋

附錄諸公作

徐紹楨云高館張燈夜未央談經論道欲顛狂神山今見成咫尺願與時時醉一觴

林輅存云廿歲京華夢何當醉一卮深愁頻縱酒無事且哦詩我自滄桑感君堪竹帛垂毋忘出山

意霖雨海東滋

趙爾巽自署無補子云東瀛多秀傑鍾毓軼常倫領袖羣才育壺觴一室春海空天不隔交久性逾眞欲答瓊瑤什陶然已飲醇

酬田原天南 名貞次郎嘗在臺灣日日報館 次其見示詩韻

昨是今非隨世緣爪泥猶記十年前酒杯分手炎風地縞帶破顏窮塞天空閱文章餘短髮安救家國得長鞭期君倒峽揮椽筆卻自閒中畫鎭邊

送包敬士 象寅 先生赴于日本 十二月三日

歲暮窮陰逼何爲志四方風帆辭赤縣海日問扶桑客裡還成別夢中焉得忘唯期蓬島會花下共傾觴 先生次韻云適我乘風願扁舟赴上方欲留蹔苦葉其往繫苞桑堪羨雄襟闊能教俗慮忘他年相聚首共醉九霞觴

和李仲景先生 名篤旗人 感懷七律三首 原十四首今次其第

九第十第十一章韻

大明宮外荊榛長金粟堆前鳥雀呼伍子吹簫空舊市

阮生回轍竟窮途朱門拂妓辭豪士白髮儒冠混酒徒

千古盛衰誰得解賢哉莊叟葆眞吾原作云曾無聊賴渾何計牛馬隨他任意呼鼇老抽絲猶作繭人窮失路每歧途他年或入畸行傳此日相從酒作徒拘執亦知違俗意蕭然我自守眞吾

無事柴門晝鎖關新詩賦就手常刪窺簾幽鳥鳴逾寂

出岫暮雲飛亦閒山月仰光憐半壁池魚俯影弄全灣

逍遙更有靈均法夢裡崑崙自在攀原作云一椽寄迹等禪關草滿庭除綠不刪出水汙泥蓮自潔歸巢遲暮鳥同閒寒燈照壁成雙影明月窺人印半灣海上成連舊期約徘徊行與共躋攀

休道狂夫老更狂時從局外見新妝兎營三窟癡眞絕

狐志首邱理太當清風好伴青松健晚節須存殘菊香
脫卻人間藤葛事高臥東皐記醉鄉原作云僻性猶來老更狂懶併時樣作新妝一身落落知難合四顧茫茫百不當葉老丹楓知欲脫花開叢菊老彌香年來覓得療愁法攲枕匡牀是帝鄉

又和仲景先生感懷二首

離宮別館既蕭然舊日山河撥眼看魚躍池波思璧報
鶴歸城郭徒煙攢新卿絲竹花前醉盲女琵琶月下彈
中夜何堪興廢恨讀騷輒至曉星乾原作云相逢揖罷兩潸然破碎山河月裡看啣石冤禽常痛口補天鍋匠苦無攢故宮禾黍傷心地斷巷箏琶太息彈漫與逢人說河洛一經說到淚難乾

未能浮筏異方過日日尊前喚奈何求友聊乘三徑興
戀都常詠五噫歌塵生歷劫猶槐夢滄海揚沙更水渦

欲補天傾鰲足短醉中枉執魯陽戈原作云容易流光轉瞬過深秋蕭瑟奈愁何誰憐往事渾如夢未了餘生且放歌滄海沈沈終大陸神州莽莽亦旋渦叩天欲向巫咸問何日天心罷戟戈

丙辰除夜二首

煤炭鑪殘灰燼深呼僮無答夜沈沈誰知獨坐炕牀上一點寒燈守歲心

富貴功名固委天文章恨未軼前賢薊門今歲今宵盡忽值人間不惑年

豹軒詩鈔卷六